LEGIONES DE ATIA

IV

LA ALDEA DE LAS TRES CRECIENTES

HEDALIAS RÍOS

DEDICATORIA

"Viviremos en un secreto, pero será un secreto maravilloso, aunque el cielo se nos caiga encima"

Dedicado a Karla Michelle Flores Medina.

CONTENIDO

I	LA ALDEA DE LAS TRES CRECIENTES	1
II	EL ALBA DE UN NUEVO COMIENZO	5
III	APRECIANDO LA VIDA EN LA ALDEA	15
IV	EN BUSCA DE UN NUEVO ANHELO	15
V	REGRESO A CASA	26
VI	SOLSTICIO DE VERANO	28
VII	LA LLEGADA DE LOS CENTINELAS	32
VIII	CONOCIENDO A UN NUEVO AMIGO	40
IX	REFLEXIÓN	62
X	NOCHE DE OTOÑO	71
XI	LA ASAMBLEA CON LOS CENTINELAS	80
XII	EL FRÍO INVIERNO	87
XIII	PREPARATIVOS MILITARES	91
XIV	PRIMAVERA	102
XV	CONVIVENCIA NOCTURNA	107
XVI	MISIÓN DECISIVA	111
XVII	ACORRALADOS	119
XVIII	EL FINAL DE UNA ERA	130
XIX	CONDENACIÓN	136
XX	EL ÚLTIMO OCASO	152

LA ALDEA DE LAS TRES CRECIENTES

Más allá de los límites de las altas planicies de la creación, donde los inmensos territorios de interminables bosques se expanden por cada rincón, existe un lugar protegido por sus inmensos árboles en los que en ellos habitan seres bellos y llenos de magia, en el centro de ese lugar alberga una hermosa aldea cuyos habitantes mantenemos un compromiso con todo lo que nos rodea.

Nuestro pueblo está alejado de toda civilización que lo amenace, portamos un sello que nos identifica como predicadores y guardianes de la armonía con aquellos seres místicos con los que compartimos este hogar, esta aldea es conocida por nosotros como la Aldea de las Tres Crecientes, símbolo de las tres lunas que nos proveen de buenos augurios en nuestras cosechas, fue integrada por la hermandad de la naturaleza, representada por un consejo de siete longevas hechiceras que trascienden el conocimiento de la poderosa magia elemental de generación tras generación, solo las mujeres son capaces de compartir este ancestral conocimiento a hijas y hermanas, mientras que los hombres brindan protección y trabajo al atender las pesadas labores del campo y la construcción donde ellas gustosamente también ayudan, todo para el progreso de nuestro futuro.

En la aldea tenemos una ley muy estricta, cuenta una vieja leyenda que ninguna mujer debe abandonar este lugar, tenemos un límite marcado a cierta distancia y que solo nosotros conocemos, las mujeres son las protectoras de estos bosques contra las fuerzas oscuras, por lo que ellas deben quedarse ahí y pasar su conocimiento a la siguiente generación, solo esposos, hijos y hermanos pueden salir y viajar como mercantes para traer sustento a nuestro hogar, por lo que solo ellos conocen más allá de los límites del bosque, un secreto el cual solo ellos comparten en sus reuniones con las matriarcas; rara vez algún explorador o viajero de afuera llega a nuestra aldea solo para contemplar la belleza de nuestras madres, hijas y hermanas, muy pocos se van con el secreto guardado sobre nuestros hogares, el resto decide quedarse eternamente ante los ojos de nuestra gran diosa madre creadora al unirse en matrimonio con una bella damisela, así prosperamos, así vivimos y así somos felices.

Las ancianas matriarcas cuentan leyendas del origen de este mundo mágico en el que nuestra creadora hizo el cielo y la tierra, dio vida a la naturaleza y con su poder divino dotó de dones espirituales a una ninfa cuyo ser privilegiado podía igualar con su grandeza a seres mágicos para proteger los bosques, aquella hermosa criatura se llamaba Vanya, una fémina capaz de controlar a voluntad la fuerza de los elementos y cuyo principal poder que la identificaba era el de sanar las heridas y de hacer brotar vida en lugares donde no la había; se dice que un alma errante vagaba por los bosques, agonizando con dolor las heridas que le provocaron durante tiempos de guerra, algo tan horrible que solo allá afuera existía comúnmente. La guerra es malvada, triste, cruel, vacía, no se obtiene nada bueno de ella, los vencedores pueden prosperar al obtener recursos y riquezas materiales, pero solo serán almas vacías y envenenadas por la ambición malsana que los corrompe y consume, para aquellos que pierden les espera la muerte con esclavitud, hambre y pobreza. Aquel soldado vino de las calamidades de afuera, sufriendo física, moral y espiritualmente por una batalla había perdido en su campaña, al percatarse de la agonía de ese hombre, la mística doncella se acercó a él para socorrerlo, al salvar su vida y al mirar sus ojos, ella quedó cautivada al ver con ternura el rostro de aquel soldado que también la miraba agradecido, al ponerse de pie hizo un juramento en su presencia, ahora, su nueva misión sería protegerla de lo que pudiera existir afuera de esos místicos bosques, con un gesto inocente ella aceptó a su protector iniciando así un lazo de amistad entre ambos seres.

El tiempo pasó y esa amistad se fortaleció, floreciendo en un amor inocente en el cual uno aprendía del otro, así fue como se encerró un secreto en los bosques, lejos de la tiranía de las tierras del exterior, los descendientes de Vanya fundaron así la aldea cuyo sello de la cofradía dio origen a un pueblo de magia y prosperidad.

Así pasó una vez hace mucho tiempo, cuando un grupo de valientes soldados se encontró con la aldea donde fueron atendidos, aquellos sobrevivientes eran militares pertenecientes a una orden de la cual desertaron, estos soldados utilizaban magia oscura, algo que no era nuevo para nuestro pueblo, la tensión se hizo notar pues esos extraños portaban imponentes armaduras y armas que podían desafiar a las deidades de los bosques, temíamos por que pudieran ser una gran amenaza, pero no fue así, su líder nos recompensó con algunas reliquias incomprendidas a nuestros ojos, esto a cambio de mantener el secreto de su visita, ellos dijeron que estarían cerca para protegernos de las fuerzas exteriores que buscaban esclavizar y destruir lo que con tanto sacrificio edificaba cada pueblo, contaron, que alguna vez pertenecieron a ellos, iban de poblado en poblado por órdenes de una llamada expansión, ellos prometían prosperidad pero se dieron cuenta que era una mentira, sus señores les ordenaban decirlo, pero se dieron cuenta que a base de engaños secuestraban ciudadelas enteras para ser esclavizadas y demolidas, los que se oponían eran asesinados y así se extinguiría todo, pero ya no, ahora estaban del lado de la libertad y la vida, el silencio de nuestros hombres se rompió al secundar la verdad de esos soldados, todo era cierto, el mundo de afuera estaba siendo controlado por una fuerza que pretendía esclavizar y declarar guerras si era necesario, ¿Qué podíamos hacer? Solo mantenernos en secreto y esos soldados nos darían esa protección, tiempo después se marcharon con la promesa de que este pueblo jamás sería tocado por el yugo tirano de las fuerzas exteriores, y así fue, con el tiempo se les invitó a formar parte de la aldea, ellos aceptaron y dejaron sus armas y armaduras para así vivir plenamente aquí. Había algo peculiar en esos soldados, con el pasar de los años no envejecían, no eran simples hombres, pero serían guardianes eternos de nuestra soberana aldea, algunos de ellos hicieron su familia y con esto la aldea se enriqueció con tan importante adquisición, el ciclo de la vida era cruel para ellos pues veían envejecer y morir a sus esposas al igual que a sus hijos y nietos, ellos simplemente se mantenían fieles a su amor por lo que tanto valoraban.

Eso es lo que narran nuestras madres y abuelas, nuestros padres y hermanos son los guardianes que nos protegerán mientras le pedimos a nuestra deidad que nos otorgue el poder de levantar tierras fértiles, con la llegada del solsticio de verano las lluvias podrán abrirnos paso y lograr que nuestras oraciones sean escuchadas, esperamos señales que nos traigan buenas noticias y felicidad, la tradición que nos rige es que todo extranjero es bienvenido, nadie sabe de dónde vienen, lo que sí es seguro es que al visitar esta aldea ya no la quieren abandonar, pues nuestra hospitalidad les brinda la armonía y la paz que tanto han buscado para prosperar.

EL ALBA DE UN NUEVO COMIENZO

Amaneció en el bosque, los rayos de luz de la flama celestial iluminaban sus fronteras; los seres místicos despertaban de otro sueño, los animales salían de sus madrigueras y las hadas comenzaban a revolotear. La pintoresca Aldea de las Tres Crecientes se veía tan resplandeciente como nunca, era un hogar donde vivían familias en cabañas levantadas por sus propias manos, había flores de todo tipo en cada rincón, los árboles que rodeaban ese majestuoso lugar eran enormes y coloridos, la gente era amistosa, todos se conocían y se trataban con respeto, era un perfecto lugar para vivir. Todos despertaban para continuar otro día de trabajo, los hombres se preparaban para salir e ir a trabajar nuevamente y regresar una semana después, los niños salían se sus cabañas para jugar y comenzar otra aventura de diversión, las mujeres despedían a sus esposos, padres o hermanos y les deseaban buen viaje.

Mientras los habitantes comenzaban sus labores con un hermoso día, en una pequeña cabaña se abrió la puerta donde de esta se asomó una alegre jovencita, su nombre: Déneve, tez blanca, estatura media y luciendo un hermoso y largo cabello castaño claro, sus labios eran carnosos y rosados, y se decía que sus ojos eran más oscuros que la noche sin la luz lunar o que la misma oscuridad. Salió de su hogar con una inmensa alegría pues el invierno había terminado, hace unos días había cumplido dieciseis primaveras desde que esa aldea la vio nacer, por lo que ese hermoso día sería testigo de celebrar tan dichosa fecha.

Al contemplar el hermoso paisaje decidió salir de su casa, con un suspiro Déneve se dirigió rápidamente hacia donde su madre Beatyn despedía a su padre Kortéc quien se preparaba para partir. Como era costumbre, antes de partir ellos le contaban que alguna vez se conocieron desde la adolescencia, Kortéc era un joven mercante que llegó a la aldea cuando desvió su camino y Beatyn solo era una hechicera más que lo ayudó al igual que otras en esos momentos, pero él supo que ella era la mujer con la que quería pasar toda la vida.

Esa historia le encaba a Déneve, le parecía muy romántica y esperaba que algún día llegara a conocer a un hombre como su padre para protegerla y amarla tanto como decían las historias que ellos le contaban; ella fantaseaba con salir del bosque e ir en busca de ese sueño, su padre siempre le decía con un tono sabio: – "eres muy joven aún, además, ¿Por qué tienes que estar buscando afuera si nuestra madre creadora ya te dio lo que necesitas aquí?"–Cada día de partir era lo mismo pero ella no se conformaba con eso, todos los jóvenes que convivían con ella desde su infancia los veía como hermanos o solo como amigos por lo que darle la oportunidad a alguno sería para ella algo simple y no tan impresionante como lo que podía descubrir con alguien más allá afuera.

Al terminar la pequeña discusión, Déneve abrazó con cariño a su padre dándole un beso en su mejilla y deseándole feliz viaje.

–Te quiero papá– dijo Déneve con tan cariñosos y misteriosos ojos.

–Y yo a ti hija, nos veremos en unos días, cuida bien de tu madre–. Respondió Kortéc dando la vuelta y encaminándose a su destino dejando atrás a las dos mujeres que lo despidieron con orgullo y amor.

Déneve regresaba con su madre a casa, cuando escuchó que alguien la llamaba, eran sus mejores amigas, una de ellas era Layra, una joven de cabello claro y rizado, tez blanca, estatura media, delgada, ojos color café claros, era muy dulce y un poco tímida, se limitaba en ocasiones a tomar decisiones propias pero siempre Déneve la ayudaba a seguir adelante. La otra joven era Alyn, era un poco más baja que Déneve y Layra pero eso no le importaba, era de piel blanca, ojos verdes esmeralda, cabello negro y lacio, su actitud era un poco dulce pero al mismo tiempo agresiva, defendía a sus amigas en cualquier situación; Las dos jóvenes llegaron hasta con ella, Déneve saludó con alegría y las tres después fueron a sentarse en una roca para conversar y practicar un poco lo aprendido en casa, comentaban emocionadas sobre el inicio de la primavera y lo poco que faltaría para el verano, en esta estación suelen llegar animales extraños que en todo el año no vuelven a ver, esperaban con ansias el festejo del solsticio de verano porque siempre se divertían escuchando las historias y leyendas que las ancianas matriarcas contaban mientras transcurría la noche, bailando con los jóvenes la música que tocaban, comiendo el exquisito banquete que servían junto a una hermosa fogata en la que simbolizaba el cambio de estación y también contemplando las estrellas.

Todo era normal, Déneve siempre se divertía con sus amigas, y disfrutaba hablar con ellas de situaciones o experiencias que tal vez nunca podrían saber y ver.

– ¿Qué es que lo que habrá afuera de los límites permitidos de nuestra aldea? – Preguntó Layra con ilusión al pensar lo que se encontraba más allá.

–No lo sé, tal vez no haya nada, quizá el bosque solo está rodeado de interminables extensiones de árboles –confesó Alyn.

–Pero si solo hay árboles, ¿De dónde vienen las personas que llegan aquí? –Preguntó Layra jugando con uno de sus rizos –Bueno, porque se supone que vienen de otras aldeas ¿No? –Cuestionó.

–Tienes razón, ¿Tú qué opinas Déneve?

La joven estaba pensativa por lo que habían dicho sus amigas y reaccionó al darse cuenta de que le hablaban.

–Yo tampoco lo sé, pero estoy segura de que algún día podré descubrirlo.

–Descubrirlo tú, claro porque no partes inmediatamente y nosotras te esperamos –contestó sarcásticamente Alyn.

–Sé que lo haré, no pienso quedarme aquí y envejecer sola o casarme con alguno de aquellos brutos que conocemos –contestó Déneve en su defensa.

–No te molestes pero recuerda lo que nuestras madres y matriarcas nos cuentan, si salimos de aquí hacia afuera de los límites nos desvaneceremos pues somos parte de esta tierra y el alejarnos nos debilitará, será eso o el "Muñequero" nos atrapará.

– ¿Quién es el Muñequero Alyn? –Preguntó Layra con desconcierto.

–El Muñequero es un ser maligno que habita en la parte más oscura de los bosques, mi padre me contó que es el poderoso espectro de un antiguo y malvado hechicero que habita en una gran torre lejos de aquí, viaja por el mundo buscando hermosas doncellas para petrificar sus cuerpos y unirlas a su colección de muñecas, donde sus almas estarán atrapadas dentro de esos cuerpos por toda la eternidad –contó Alyn.

–Alyn, ¿Cómo es que nosotras no sabíamos eso antes?

–Mi padre no se atrevió a contarlo hasta hace unos días, me dijo que antes de llegar el invierno, durante los vientos otoñales de la segunda luna creciente del año, fueron a una aldea donde una anciana contó la leyenda, la anciana era joven cuando pudo ver como ese oscuro ser se llevaba a sus amigas y a su hermana mayor, ella siguió al muñequero hasta su torre donde después de entrar se desvaneció toda la edificación, desde entonces la anciana sigue buscando indicios de esa criatura para salvar a su hermana y a sus amigas, o eso contó.

–Esas historias nos cuentan para asustarnos, pero creo más en las leyendas de la maestra Sarah –comentó Déneve.

–Yo quiero ser igual de poderosa que la maestra Sarah –secundó Layra.

No hubo más cometarios sobre eso, solo los pensamientos de cada una de las jóvenes que deseaban saber lo que se encontraba más allá de los límites permitidos de la aldea.

Tras risas y juegos que las jovencitas hacían, nuevamente la tarde llegó a la aldea, así que regresaron, al llegar descubrieron que otro grupo de hombres volvían de un viaje largo y de mucho trabajo, cada quien se dirigió a su cabaña pero antes de que Déneve pudiera entrar, un joven la llamó, era Eníc, un joven de cabello corto y lacio, de estatura media y ojos café claro, era el mejor amigo de Déneve, desde niños siempre se divertían juntos pero cuando Eníc cumplió los catorce años él tenía que partir para comenzar su trabajo así que su amistad se debilitó un poco por la ausencia pero no dejaban de hablar las veces que se encontraban pues cuando había oportunidad ellos salían a conversar.

Eníc estaba enamorado de ella pero él lo mantenía en secreto pues pensaba que eso terminaría su hermosa amistad al no ser correspondido. Al llamarla, ella lo saludó y le dio un cariñoso abrazo, se sentaron a platicar hasta que cayó la noche y la luna brillaba tanto que era la única luz que alumbraba el bosque.

–Por cierto Déneve, ¿Cómo vas con tus prácticas elementales?

–Excelente, mira esto –respondió mientras extendió su mano derecha y de esta comenzó a emanar un tenue resplandor color turquesa.

– ¿Eso es lo que creo?

–Así es Eníc, es energía curativa, la he estado practicando por todo el invierno para cuando sea necesario.

–Es tan hermoso y cautivante apreciarlo, tengo entendido que ese tipo de magia es difícil de aprender, puedo suponer que estás preparada con otro tipo de hechizos.

–Te seré sincera, no soy muy hábil con el resto de hechizos, hasta ahora solo alquimia y manejo de mi aura curativa es lo que mejor puedo realizar, no soy tan exitosa, lo sé.

–No digas eso, eres la mejor hechicera que conozco, todas manipulan el fuego, el agua, el aire, pero no he visto a alguna que haga lo que tú me has mostrado, eres grandiosa, única Déneve.

–Gracias Eníc, eres muy amable al decirme esto, por eso es que te quiero tanto – respondió luego de darle un fuerte abrazo, él solo se limitó a disfrutar la ocasión.

Después de disfrutar ese ameno momento, decidieron que ya era tiempo de volver a sus hogares por lo que se despidieron para ir a dormir y comenzar otro día.

Todas las noches, desde el techo de su cabaña Déneve miraba las estrellas, la curiosidad le invadía pensado en salir de la aldea y poder saber que era lo que se encontraba lejos de su hogar, pues desde ese ángulo podía contemplar que a espaldas de los imponentes cerros que rodeaban los bosques emanaban una tenue luz.

Después de bajar de ahí, entró a su alcoba y se preparó para dormir, siempre soñaba con lograr salir de allí y encontrarse en un pueblo distinto al que ella conocía, aunque de ser ciertas las leyendas de las que buscaban aterrarla sabía que nunca lo podría hacer realidad, pero aun resignada seguía fantaseando, pensar en qué se sentiría salir de la Aldea de las Tres Crecientes.

III

APRECIANDO LA VIDA EN LA ALDEA

Los días transcurrían poco a poco, los árboles cambiaban el color de sus hojas y las plantas florecían, la aldea permanecía igual. Una mañana, Alyn y Layra platicaban con Déneve mientras se encaminaban a la cabaña de su maestra Sarah; una hechicera joven y bella, cabello largo y lacio, ojos claros, tez pálida y de porte elegante, aunque parecía simplemente una aldeana, ella era la nieta de una de las ancianas matriarcas quien se dedica a enseñar a las jóvenes brujas los conocimientos de la magia en un gran libro viejo.

Se dice que hace mucho tiempo perdió a su esposo en un asalto a mercantes, pero su dolor fue aliviado al conocer a uno de esos Centinelas eternos que nos protegen, en ese entonces ella tenía una niña en brazos y cuando él llegó a su vida, comenzaron a conocerse, pasando el tiempo llegó a estimarlo a tal grado de enamorarse una vez más, con el pasar de las estaciones él le dio otra hermosa niña con la promesa de estar siempre a su lado ya que se marchó con varios protectores con la intención de no permitir que esta aldea sea amenazada. A diferencia de los aldeanos mercantes, ellos tardan más tiempo en regresar debido a que viajan a tierras lejanas para difundir y predicar la paz luchando contra el mal que invade a los pueblos de afuera. la maestra Sarah al igual que las mujeres que se casaron con Centinelas inmortales esperan gustosas su regreso; teniendo a una comunidad como familia todo tenía solución, las distracciones de Sarah además de cuidar y proteger a sus dos pequeñas era también enseñar todo tipo de hechizos a las jóvenes iniciadas, así que como cada mediodía todas las féminas estaban muy entusiasmadas por llegar ya que cada temporada les enseñaba algo diferente, en cada sesión también oraban agradeciendo a su creadora por la vida que les había otorgado; cada inicio comenzaban practicando hechizos que aprendieron anteriormente, esa vez se trataba del cómo defenderse ante enemigos inesperados, la dinámica del aprendizaje de esta mística cátedra se repetían hasta iniciar con algo nuevo que enseñar, tenían varias sesiones para que pudieran conocer más sobre lo que hablaban, al final siempre practicaban un poco más sobre el incremento de la fuerza espiritual para poder dominar la levitación, sin duda el hechizo más sutil y elegante, podían elevarse alto con tan solo concentrarse.

Después de un productivo día de clase, la sabia maestra Sarah les informó que era tiempo de comenzar a manipular el poder de la sanación con magia, sin duda era uno de los hechizos más difíciles pero con práctica y esfuerzo podían lograrlo y así actuar si alguien llegara a herirse. No era común que alguien se lastimara pero había ocasiones en la que los mercantes llegaban con alguna lesión debido a un accidente al trabajar, así que eso sería de utilidad para seguir adelante; logrando desarrollar ese poder canalizado en un hechizo similar podría llegar a salvarte de la muerte con heridas severas, Déneve agradeció a los elementos el tener ya aprendida y bien practicada una herramienta tan útil para el futuro.

Varias horas transcurrieron, Déneve regresó a casa para ir a merendar con su madre y de ahí salió a pasear como ya era costumbre, en su camino se desvió por una brecha hacia el bosque. Después de unos minutos de recorrido fue recibida por una parvada de hadas que le dieron la bienvenida con alegría, se sentó en una roca y en ese momento un pequeño animal se acerco a ella, era Aknor, un hermoso ciervo dorado que Déneve y Eníc habían adoptado ya hace tiempo, después de haberlo encontrado herido en el bosque decidieron cuidarlo y conservarlo para así convertirse en su amigo y guardián al cual ella lo visitaba frecuentemente, su pelaje era tan fino como el oro con una franja negra que recorría desde su cabeza hasta la cola, una criatura tan majestuosa y rara que solo alguien como Déneve podía amistar.

—Hola hermoso, veo que ya está emergiendo tu cornamenta, serás un gran defensor de estos bosques —comentó mientras lo acariciaba.

La jovencita permaneció durante varias horas dentro del bosque, jugando con las hadas y su amigo, disfrutando el momento, hasta que el sol desaparecía tras las montañas y el atardecer se volvía oscuridad. Finalmente regresó a la aldea y se encontró a Eníc quien ya se había rendido después de estarla buscando.

–Déneve, ¿Dónde estabas?

–Hola Eníc, estaba con Aknor, fui a verlo.

–Debí imaginarlo, si gustas te acompaño a tu casa, quiero contarte como me fue en una de mis travesías.

–Encantada, vamos.

Durante su camino el joven contaba una historia poco emocionante pero era todo que un simple mercante podía compartir, aún así, Déneve lo veía con emoción pues al menos el ya conocía el exterior.

–Sabes que te puedes meter en problemas por estarme contando todo esto.

–Solamente cuento lo que no rompa el código, después de todo he hablado de bosques y animales.

–No entiendo aún cuál es la razón de mantenernos ignorantes ante lo que existe allá afuera.

–Lo ignoro pero no te pierdes de mucho, eso si lo aseguro Déneve.

–Lo dudo, debe haber más allá afuera que solo aldeas, bosques y animales.

–Lo sé Déneve pero las cosas son así, hace ya unos cuatro siclos otoñales que salí de aquí para ayudar a mi padre a vender semillas que había olvidado lo hermoso que estar contigo, mañana volveré a partir, la verdad quisiera estar más tiempo contigo que allá afuera.

–Lo sé Eníc pero a menos ya no quieras ayudar a tu padre y romper esa tradición, las cosas seguirán igual, no quisiera que hicieras eso, tu padre es un gran hombre y debes obedecerlo, yo siempre extraño a mi padre y sé que él nos extraña pero es la tarea que debe hacer, porque es a lo que se dedicaron los ancestros de cada uno, cuando te cases harás lo mismo y cuando tengas hijos varones les enseñarás lo que desde tu infancia aprendiste.

–Es eso algo de lo que quería platicar contigo Déneve.

– ¿De eso? ¿De qué precisamente Eníc?

–Bueno… yo…

Eníc tenía el momento perfecto para atreverse a decir lo que sentía por ella cuando fue interrumpido por la madre de Déneve quien la llamó a cenar, así que no tuvieron oportunidad de hablar, al andar ella volteó hacia atrás y notó que Eníc yacía serio, triste.

–No te pongas triste amigo, cuando regreses te esperaré para tener otro momento de charla –comentó Déneve al despedirse mientras cerraba la puerta para estar con su familia.

–Claro que si… amiga… amiga… –musitó el joven quien dio media vuelta y se retiró lentamente con la cabeza baja.

Los días y las noches transcurrieron rápido gracias a las actividades rutinarias, nuevamente el sol volvió a salir para iluminar los rincones del bosque y de la aldea, el día parecía como cualquier otro pero algo extraño estaba pasando, ya era hora de que los hombres llegaran de su trabajo pero no fue así, tardaron un par de horas más, pero al fin llegaron, algunas personas corrieron hacia ellos algo alterados ,Déneve se preguntó por qué iban con urgencia hacia donde estaban, cuando lo descubrió sintió que un hueco traspasaba su corazón, su padre estaba herido, al parecer un grupo de bandidos los atacaron para robarles los utensilios que les pertenecían, sus lesiones parecían severas, varias personas lo estaban cargando, dirigiéndolo hacía la cabaña de las ancianas matriarcas. Déneve y su madre aguardaron por varias horas sentadas afuera de aquella cabaña esperando que él estuviese bien.

–Madre… ¿Tú sabes curar?

–Desgraciadamente no hija, después de haberme casado con tu padre me enfoqué en dedicarme a tenerte y trabajar en las labores domésticas, algo muy común en las mamás de tus amigas.

–Mamá, pensé que con los Centinelas esto no pasaría.

–También lo pensé Déneve, pero al parecer esta es la prueba que no estamos a salvo de todo, los demás allá están lesionados, Kortéc recibió mayor daño pues él los enfrentó, es tan valiente tu padre, siempre lo ha sido, mis amigas dicen que sino fuera por él, ninguno de sus esposos estaría aquí.

– ¿Por qué hay gente tan mala mamá?

–Son uno de los tantos peligros que nos advierten de las afueras Déneve, desgraciadamente la maldad reclama todo lo que hay allá afuera.

Durante la charla una hechicera abrió la puerta y llegó con ellas.

—Beatyn, joven Déneve…

—Mireya, ¿Cómo está Kortéc?

—De no haber llegado a tiempo, no lo hubiera logrado, está débil pero estable, es un hombre muy resistente Beatyn.

—Gracias Mireya, bendecidas sean todas ustedes —aduló Beatyn mientras abrazaba fuertemente a su hija.

—Nada que agradecer, somos una familia y debemos protegernos como él protegió al resto, nuestros hijos y esposos están bien gracias a él, por ahora descansen, él se quedará aquí, para mañana lo ayudaremos a llevarlo a casa.

Déneve estaba feliz, gracias a los poderes curativos de las hechiceras más capaces, su padre seguía con vida, ahora ella tenía un propósito, mejorar su poder para restaurar las alegrías a otras como ella en situaciones similares ante el horror de lo sucedido, por ahora madre e hija regresaban tranquilas a casa.

Al llegar a su hogar, Eníc hizo su aparición, sin dudarlo abrazó a Déneve delante de Beatyn.

—Tú padre es un héroe Déneve.

En ese momento él se marchó pues su padre había sido otro de los afectados que afortunadamente estaría bien, solamente aprovechó el momento para agradecerle y marcharse.

Déneve miró a su madre y sonrió, así las dos entraron a su casa, satisfechas por la situación.

Unos días más tarde Kortéc por fin se levantó de su camastro y comenzó a caminar, Beatyn aun lo ayudaba pero él luchaba para poder sostenerse de pie solo, ya que tenía la voluntad de un guerrero y la fuerza de un león, se decía a sí mismo "Siempre se debe luchar hasta ganar la batalla sin importar que clase de guerra sea", por lo que lo repetía a su hija para que ella nunca dejara de seguir sus sueños, aunque Déneve pensaba que nunca tendría tales sueños por que debería permanecer en la aldea por siempre, ella creía que la verdadera acción estaba allá afuera, lejos de los tranquilos bosques de Vanya, más allá de los límites permitidos de la oculta Aldea de las Tres Crecientes.

IV

EN BUSCA DE UN ANHELO

El amanecer comenzaba a alumbrar los bosques una vez más, Déneve iniciaba sus actividades, la rutina diaria como cualquier otra, se encaminó a un riachuelo de agua cristalina que se encontraba cerca de allí para llenar un cubo y llevarlo a la aldea, se arrodilló en la orilla y contempló por un momento el hermoso escenario que reflejaba en la luz, pensando y reflexionando sobre todo el tiempo queriendo escapar de la aldea, para conocer los alrededores del bosque en el que se sentía atrapada, todos advertían que sería una mala idea pues su desobediencia le costaría la vida, ya sea por desvanecerse o por las historias que le contaban sus amigas, el llamado "muñequero" podría toparse en su camino para reclamar su existencia para siempre; una idea pasó por su mente, entonces, levantó su cabeza con una sonrisa: —tal vez si desarrollara un campo de fuerza en mí, podría estar a salvo de cualquier amenaza, así podría huir de aquí y hacer realidad ese sueño que tanto anhelo —comentó con emoción.

Después de lograr desarrollar su idea guardó su secreto, lo había decidido, escaparía de su hogar para tratar de salir del bosque, desconocía lo que pudiera encontrar más allá de sus fronteras en los límites de las planicies, pero sabía que si lograba hacer esa técnica avanzada lo descubriría pronto; solo había una opción, comenzar a practicar para lograr su cometido.

Días después de haber practicado y con algunos defectos en sus pruebas, Déneve no soportó más el ser paciente debido a la emoción de saber qué encontraría allá afuera, tenía la fuerza espiritual suficiente como para dar diez pasos y averiguar si las leyendas eran ciertas, de ser verdad o no era seguro que lo descubriría. Por la madrugada, Déneve caminaba en silencio por la aldea para que nadie la descubriera, rápidamente se dirigió hacia el bosque, volteó para ver la aldea y la contempló unos segundos, estaba consciente de que tal vez sería la última vez que estuviera presente en ese hermoso lugar, lamentó no poder decir su secreto o invitar a Alyn y Layra pero tenía que seguir sola, su hogar nunca sería reemplazado, tampoco lo abandonaría pues ahí vivían sus seres más amados pero sentía que necesitaba algo más, su interés a la verdad la llamaba constantemente para descubrir lo que pasaba allá afuera. La jovencita no se detuvo, el miedo y la consciencia la mantenían a raya pero no desafiaban a su poderosa curiosidad para cambiar de opinión y retroceder, de modo que suspiró y siguió adelante, aprovechando que todos dormían para salir de allí e internarse en el bosque en cumplimiento de ese deseo.

Mientras aún estaba oscuro, su campo de fuerza podía verse como un suave y tenue resplandor color turquesa, desconocía que tan resistente pudiera ser pero le daba la seguridad de seguir avanzando pues hasta el momento no sentía diferencia alguna al alejarse de la aldea. Ella no sabía hasta dónde dirigirse pero sabía que las criaturas místicas la ayudarían a encontrar su destino, aunque le preocupaba saber que tal vez terminaría siendo polvo o quizás el terrible "Muñequero" la ataparía para coleccionarla, intentó olvidarse de esos temerosos pensamientos y comenzó a caminar ya que sentía tener la solución a esos dos graves problemas, no se detuvo ningún momento, con su campo de fuerza activo se sentía tan libre, tan segura y alegre de lo que quería porque estaba por lograrlo.

Por otro lado estaba consciente de no perderse pues lo menos que debía hacer era preocupar a su familia, debía ser responsable en todo, aunque el desobedecer una ley ancestral ya era una total irresponsabilidad, tenía que valer la pena cada momento allá afuera.

Finalmente, al paso de unos metros llegó a uno de los límites territoriales del bosque, una línea de árboles marcados señalaban el límite que toda hija de la naturaleza debía saber para dar vuelta atrás, fue entonces cuando Déneve cerró sus ojos, se concentró y activó su campo de fuerza al máximo, una tenue burbuja de energía espiritual se materializó y la cubrió por completo, era momento de seguir adelante, Déneve avanzó y traspasó el límite, con sus ojos cerrados, esperaba que sucediera lo peor, finalmente su hechizo la agotó haciendo que su barrera desapareciera, esto la hizo caer aturdida y conmocionada mirando su cuerpo y sus alrededores, pero nada ocurría, entonces, con una expresión eufórica en su rostro comenzó a carcajearse por haber conseguido derribar un muro lleno de mitos absurdos. Era momento de salir adelante y cumplir su sueño.

Enérgica, la adrenalina corría por sus venas; jugando con las hadas, los árboles danzando en compañía del viento, los animales del bosque se asomaban curiosos para verla pasar.

Varias horas después de salir de la aldea, comenzó a amanecer, Déneve se encontró con un rio extenso que obstruía su camino, buscó una forma para poder cruzar encontrando así una fila de piedras que sobresalían del agua y llegaban al otro extremo, analizó su estructura para poder asegurarse de que podría cruzar sin problemas, al dar su primer salto hacia una de esas piedras comprobó su firmeza, la roca era resistente pero con un poco de musgo, pensó que podría pasar sin problema si lo hacía cuidadosamente de modo que fue saltando en cada una de ellas, segura de lo que estaba haciendo se confió y saltó sobre una roca completamente cubierta de esa vegetación y resbaló hacia el agua cuya corriente comenzó a arrastrarla de espalda, intentó salir pero el rio era más fuerte que ella, la arrastraba lejos, intentaba nadar contra la corriente pero no podía alcanzar la orilla, estaba tan aterrada que no había mucho que pudiera hacer.

Desesperada por salir buscó algo con que sostenerse, logró avistar un árbol caído más delante de donde ella se aproximaba, pensó que tal vez podría sujetar una de sus ramas y así salir. Al acercarse extendió sus brazos pero no alcanzó a sujetarse, sin embargo, siguió luchando contra la corriente para mantenerse en la misma dirección y poder buscar otra alternativa para salir de ahí, al divisar una gruesa raíz logró sostenerse por un breve periodo de tiempo pues la fuerte corriente y la húmeda y resbalosa corteza la hicieron sucumbir ante esa difícil situación; sin aliento, extendió su mano buscando una esperanza para salvarse, en ese momento, el silencio se apoderó del ambiente, el sonido emanado de las fuertes corrientes de agua dejó de circular por los oídos de aquella joven, aquel bello y frenético río se convertiría en su tumba.

Antes de que Déneve suspirara su último aliento, una rama sujetó su frágil mano que yacía casi inerte, esa rama la sacó de las aguas sin problema, la joven hechicera abrió sus ojos, debido a que estaba fatigada casi podía apreciar sus alrededores, con la vista borrosa pudo ver algo que la inquietó, se trataba de un ser que huía hacia unos arbustos perdiéndose entre estos, Déneve podía asegurar que era el tocón un árbol que corría, escapando del lugar, sabía con seguridad que se trataba de una criatura la cual no conocía y que esta fue quien la sacó de ahí, aunque era difícil creer que ese extraño ser fue su salvador y mucho peor, que eso no podría contarlo jamás; al pasar unos minutos Déneve se recuperó y se dio cuenta que estaba del otro lado del río, sabía que adelante descubriría más sobre otros seres del bosque.

Exprimió su falda, capa y capucha, secó su cabello y de nuevo continuó su camino, había perdido sus provisiones, pero seguía con el pensamiento de que no se rendiría, tal vez será la última vez que le ocurra algo similar pero no se dejó llevar por la suerte.

El astro solar lanzó su tenue luz de la tarde y ella seguía avanzando, se mantenía alerta por si algo llegaba a sorprenderla, se detuvo para descansar y relajarse, inesperadamente escuchó el desgarrador y desesperado grito de una mujer que la hizo levantarse estupefacta, el eco se expandió hacia todas direcciones dejando en duda la procedencia de ese suceso, Déneve estaba asustada pero su instinto de confianza le decía que tenía que ayudar porque alguien estaba en peligro, no obstante comenzó a escuchar el llanto de un bebé que sollozaba acompañado del relinchido de un caballo alejarse, Déneve trató de buscar por dónde provenía para ir hasta ahí, cada vez lo escuchaba más cerca, así que se mantuvo en silencio y se concentró para poder oír con más claridad.

Nuevamente escuchó el grito que desgarró sus entrañas pero firme a su labor corrió al lugar donde creía que se encontraba, mientras más sentía que se acercaba, aquellos llantos de ayuda se hacían más fuertes, pero se detuvo al sentir una suave y fría ráfaga de viento que acarició su rostro, al mirar atrás logró escuchar los llantos de agonía de aquella fémina, estos se paseaban por los árboles que la flanqueaban a su derecha e izquierda, fue entonces cuando se confundió y comenzó a buscar la dirección exacta. Transcurriendo unos instantes, un silencio abrumó la presencia de la joven hechicera "¿Qué había ocurrido?" Tanto aquel bebé como su posible madre habían sido víctimas de algo que estuviera cerca, "¿Quién sería capaz de hacer algo tan cruel?" De ser así, el único refugio seguro sería su aldea, tal vez las afueras de esos bosques no eran para que las mujeres transiten libremente, pero para una hechicera solo sería un reto más.

Déneve continuó con su lúgubre aventura avanzando hacia una amplia vereda rodeada de árboles hasta que se topó con dos hombres, que la detuvieron. Al ver su parecida vestimenta y armamento dedujo que eran soldados de algún lugar, llevaban lujosos uniformes color negro similares a túnicas con partes de armadura que protegían su cuerpo, montados a caballo, uno de ellos cargaba con una gran espada y se le podía apreciar una cicatriz en la oreja izquierda, causada tal vez por algún encuentro bélico, pensó Déneve. El otro tenía una barba castaña y cargaba un hacha en su espalda.

– ¡Deténgase! —Exclamó el hombre barbado, pero ella estaba alterada, seguía buscando por sus alrededores.

—Por favor tienen que ayudarme a encontrar a esa dama, la persiguen y quién sabe tal vez ya sea tarde —dijo ella para que aquellos hombres la ayudasen.

– ¿Quién es usted y de qué habla? No hay nada —dijo el otro soldado.

– ¡Claro que sí, yo lo oí! —Gritó Déneve desesperada por su negativa.

—Está bien, cálmese —le ordenó el soldado de la cicatriz.

—No me diga que me calme, por favor, tenemos que ayudar a esa mujer —ella seguía insistiendo, pero los soldados no parecían interesados.

—Aguarde un momento… No logro escuchar lo que dice, espere… he escuchado algo, tal vez es su madre que pregunta por usted —comentó el soldado de la barba con un tono burlesco. Déneve se molestó por su comentario mientras ellos se miraban y se mofaban de ella, era cierto de que ya no se percibía algo en el ambiente o se escuchara algún llanto o grito, pero la manera en que la miraban comenzó a incomodarla, si bien no la ayudaban por lo menos no deberían estorbarle por lo que siguió adelante sin bajar la guardia, pensando en qué le habría pasado a esa pobre mujer y a su bebé.

– ¡Alto allí! ¿De dónde vienes y a dónde vas? —Cuestionó el hombre de la cicatriz, pero ella no respondió.

—Te hizo una pregunta, en aquella loma está el pueblo de Lazor, ¿Eres de aquel lugar? Sino, la ciudad más cercana está a varios días de aquí, ¿A dónde vas, jovencita? —Agregó el soldado de la barba con voz feroz que a Déneve le incomodó.

—Donde sea pero quiero salir de aquí —contesto Déneve un poco molesta por la insolencia de aquellos dos hombres.

—Tu vestimenta se me hace conocida, no eres de por aquí… —Cuestionó el hombre barbado.

—Estoy perdida —respondió ella algo temerosa.

— ¿Perdida… de qué pueblo vienes? —Preguntó nuevamente el soldado de la cicatriz algo confundido. Los dos la miraron confusos.

— ¿Eres habitante de la aldea que se encuentra aquí cerca? —Preguntó mirándola con sospecha, ella se estremeció pero se mantuvo firme.

—No señor, a decir verdad no debo decirlo, si se enteran que escapé no sé qué podría pasarme —respondió Déneve intentado verse segura de lo que decía.

—Ya veo… tal vez te fugaste de una caravana mercante clandestina, ya que nadie puede rondar por aquí si no proviene de aquella aldea, esta vereda conecta de este a oeste, hacia nuestra dirección conecta norte y sur, el único camino del que provienes es por allá si no me equivoco, en aquel lugar no hay nada más que bosques, debes pasar un río que corre en aquella dirección, en estas épocas del año es imposible cruzarlo por lo que debiste haberlo hecho con ayuda, de otra forma hay que rodear las peñas que cubren toda esta zona y para eso debiste haber venido en sentido contrario a este —afirmó él para que ella confesara, pero Déneve sabía que todo estaba llegando demasiado lejos, debía ser persuasiva y salir de ahí.

— ¡Contesta! —Exclamó el soldado de la cicatriz mirándola molesto.

—Ya le he dicho que no, señor, voy a seguir aquel camino —respondió Déneve viéndose impotente, creo que es de dónde vengo.

—Espera un momento, habías dicho que no eras de aquel poblado, por si fuera poco guardaste silencio con la explicación de mi compañero, yo creo que vienes de forma clandestina por estos lugares, tu vestimenta jamás la había visto por aquí —comentó el soldado mientras se acercaba a ella en su montura, mirándola de forma inquietante.

—Yo… yo…

—Por cierto, eres muy hermosa, qué te parece si olvidamos este mal entendido y nos acompañas camino a esa dirección, la noche está por caer y comenzará a hacer frío —comentó el soldado mientras acarició el rostro de la aterrada Déneve.

—Ya me tengo que ir.

—No, espera… —En ese momento, el soldado de la cicatriz bajó del caballo y la sujetó del brazo, ella quedó petrificada de miedo al no saber qué se proponían a hacer ese par de sujetos corpulentos.

–Rogteg, llevémosla allá, la guardia no se enterará.

–No… esperen ¿A dónde me llevarán?

–Eso no debe importarte, ¿Sabes cuánto tiempo tenemos de guardia sin el calor de una hermosa mujer? Son días y aún faltan semanas para regresar de la misión –comentó el soldado barbado. Déneve estaba en peligro, el miedo la invadió, sería la víctima de un mundo desconocido al cual su curiosidad la orilló.

Mientras el sujeto de la cicatriz forcejeaba con la joven Déneve, ella imploraba con gritos de auxilio los cuales no podían ser escuchados.

–No pierdas el tiempo, amarra sus manos con esto y vámonos –dijo el soldado barbado al lanzarle una soga, el otro sujeto soltó a Déneve y tomó del suelo la soga para después lanzarse sobre ella y someterla nuevamente pero en un acto de desesperación Déneve materializó una incandescente flama la cual estalló sobre ellos, la explosión asustó a los caballos y sacudió a los soldados, estos al recuperarse de tremendo ataque miraron a sus alrededores pero la joven Déneve ya no estaba en el lugar.

–Una bruja, era una maldita bruja –comentó el soldado de la cicatriz.

–Entonces vino de aquellos bosques, maldito sea ese lugar, mejor vámonos de aquí, sigamos con el patrullaje y solicitemos reforzar la seguridad aquí.

Mientras se marchaban, la joven Déneve yacía oculta en unos arbustos, aterrada veía sus manos, no tenía idea del cómo había materializado tal poder destructivo pero este le dio la oportunidad de no terminar siendo víctima de aquellos sujetos, su experiencia en el mundo exterior la hizo reflexionar y valorar todo lo que se le dijo allá en su aldea, su tan amada y segura aldea.

Una vez que esos agresores se perdieron en el terreno, ella caminó de regreso a casa, o a donde pudiera creer que estaba pues desconocía todos esos terrenos, al paso de unas horas, Llegó la noche al bosque y Déneve buscaba un lugar donde dormir, en el trayecto recolectó algunas vallas y frutos que encontró para poder comer algo y tener energía para el próximo día; después de conseguir su alimento y de haber recorrido el lugar, finalmente encontró un enorme árbol hueco donde ella podía descansar cerca de la luz de una fogata. Después de instalarse juntó leña suficiente, comenzó a concentrarse y finalmente había logrado sin problema materializar una pequeña flama, su amarga experiencia le había ayudado a entender mejor esa técnica para darle una gran utilidad, una vez ardiendo su fogata, Déneve estaba entrando en calor ya que solo llevaba su capucha para cubrirse, repentinamente las gotas de lluvia comenzaban a caer dando la señal de la proximidad de una tormenta que se avecinaba; mientras la lluvia derramaba su agua bautismal, la joven se mostraba preocupada y a la vez triste pensando en lo que le habría pasado a la mujer que escuchó gritar, o mucho peor, si esos sujetos estuvieran cerca buscándola, algo era seguro, ella no sabía quiénes eran pero ellos la llamaron "bruja", tal vez no conocían la aldea pero eso significaba que podría haber otras mujeres con habilidades similares a las de Déneve o de su aldea. Se mantuvo un rato pensando hasta que la fogata se consumió por sí misma, momento ideal para intentar conciliar el sueño, se cubrió con su capa y se posó hacia la salida para contemplar como la tormenta estaba cesando poco a poco; finalmente, un día más había concluido como parte del giro inesperado de su peligrosa aventura.

Al amanecer, los rayos del astro flameante se alzaban en un cielo despejado aunque el suelo se mostraba aún húmedo, Déneve despertó un poco incómoda y adolorida debido a que no estaba acostumbrada a dormir fuera de las comodidades de su hogar, se frotó los ojos intentado despertar por completo ya que estaba cansada, se había recuperado del incidente en el rio y de aquel susto que le produjeron los misteriosos gritos de aquella dama en peligro, aunque de su horrible experiencia con esos extraños sujetos no del todo, aun así ella se mostró entusiasta y agradecida de haber sobrevivido el encuentro con aquellos hombres.

Después de que despertó y contempló el paisaje, levantó su campamento improvisado y continuó con su camino, estaba más tranquila y fuerte para seguir adelante, en su trayecto hurgaba en los arbustos para encontrar frutos silvestres y satisfacer su apetito, en su trayecto fantaseaba con lo que pudiera encontrarse, por un momento se distrajo cerrando los ojos imaginando como sería ese lugar y cuánto tiempo tardaría en llegar, al abrirlos notó un camino que conducía a un sendero, al parecer era transitado debido al rastro de huellas de carretas impresas en el suelo, entusiasmada lo siguió con la finalidad de averiguar hacia dónde la conduciría.

En su camino, la joven hechicera notó una carreta detenida más adelante, era momento oportuno para solicitar su ayuda y llevarla a otro lugar; al acercarse no vio rastro alguno de personas que pudieran auxiliarla —"Hola, estoy perdida. ¿Hay alguien que me pueda ayudar?" —Solicitó la joven pero no escuchó respuesta, al avanzar varios metros hacia la parte delantera de ese transporte notó el macabro hallazgo que en su vida había contemplado, había una pareja de viajeros que yacían muertos en el asiento superior de la carreta, sus rostros reflejaban la violencia con la que les arrebataron sus vidas, Déneve estaba temblando aterrada cuando repentinamente el crujir de las ramas de un arbusto llamó su atención, al mirar atrás se percató de la presencia de cuatro sujetos de apariencia agresiva, su vestimenta estaba maltratada, sucia y sus barbas parecían no haber tocado el agua en meses.

—Les dije que había alguien más, miren que hermosa ave cayó en este paraíso, ¿Estás pérdida jovencita? —Preguntó el hombre más alto.

Mientras el sujeto la cuestionaba los otros se movían lentamente, flanqueándola con el fin de acorralarla, Déneve estaba horrorizada pero se mantenía firme sin contestar alguna pregunta.

—No hablas, ¿Son familiares tuyos? ¿Te podemos ayudar en algo? O mejor prefieres no hablar y venir con nosotros, será divertido.

—Aquí vamos de nuevo… —Musitó la joven hechicera.

Ante las palabras amenazantes de ese sujeto, Déneve no lo resistió y se mostró perturbada por lo que comenzó a retroceder temblorosa, la experiencia de ayer regresó pero con la forma de temibles malvivientes.

—No te molestes en escapar, ellos lo intentaron y como vez no lo consiguieron, si no cooperas me veré obligado a estrangularte antes de comerte.

Déneve estaba desconcertada pero interpretó el comentario del sujeto, ni todas sus pesadillas la habían aterrado tanto como ese momento en el que posiblemente no sobrevivía para contarlo, mientras el resto de sujetos se acercaban a ella por diferentes direcciones, ella recordaba la seguridad de su hogar, sus amigos, su padre y madre quienes en este momento estarían preocupados por ella aunque para Déneve ya era tarde. De pronto recordó lo que le había sucedido a su padre, lo habían herido unos bandidos "¿Habrán sido ellos los culpables?" Se preguntó.

—No sean duros con ella, es una jovencita, muy hermosa por cierto —dijo un sujeto mientras se acercaba.

—Yo la vi primero así que respeten lo que acordamos —respondió otro.

—Solo tráela y vámonos con el botín.

—Ustedes… ustedes son los que atacan caravanas…

—La pequeña sabe hablar, si sabe hablar entonces gritará… —respondió el sujeto alto.

—Ya cállate Ronel y ve por ella.

Al acercarse lo suficiente, uno de ellos saboreaba ansioso lo que tenía planeado hacer pero en un movimiento desesperado Déneve levantó una mano para generar una ráfaga de viento lo suficientemente fuerte para crear una nube de polvo la cual cegara a sus atacantes y le diera una oportunidad para escapar, al hacerlo los agresores fueron sorprendidos y con ellos Déneve pues finalmente entendió como utilizar esa magia elemental que tanto se le dificultaba materializar.

— ¡Mis ojos!

—Vayan por ella —dijo el jefe mientras ella escapó aterrorizada de ahí.

Déneve huía por su vida, su camino de escape era el trayecto que recordaba conforme había progresado, más allá de su espalda había un atajo a una muerte trágica por lo que cambió de ruta para perder a sus perseguidores, pero al desviar el camino resbaló por un acantilado poco visible por la densidad de arbustos en la zona, al caer se logró sujetar de una gruesa raíz la cual era la única esperanza de salvarla de una gran caída o bien de ser salvada por quienes huía.

—Les digo que ella provocó eso, tú lo viste Baldor.

—Ya basta Ickaru, si lo hubiera hecho seguro estuviéramos muertos, recuerda que solo los Guardianes son capaces de lograr tal hazaña.

—No lo sé Yalon, mejor regresemos ya tenemos lo que queremos, además con lo que robamos podemos pagar buena compañía.

—Pero nada como esa jovencita, era tan hermosa, deliciosa, ¿No lo crees Primus?

—Cállate ya Baldor, maldita sea… la teníamos y se escapó, mejor regresemos, por estos rumbos hay templarios circulando, ya deben de saber de nuestra presencia, debemos irnos de aquí y no regresar o nos ahorcarán.

Ante la sugerencia de su líder los tres malhechores se retiraron del lugar, mientras que Déneve sucumbía ante la falta de fuerzas para sostenerse, de no pensar en una solución pronto caería al vacío para así terminar el viaje que siempre anheló por su curiosidad, una equivocación fatal la cual tal vez no le daría otra oportunidad.

En un último respiro, ella se balanceó sobre una de las ramas más gruesas para evitar caer, fue entonces cuando logró sostenerse y así poder escalar el arbusto como una escalera natural; una vez en la orilla del acantilado Déneve miró temerosa hacia todos lados pensando en que sus agresores estuvieran cerca, al darse cuenta que ellos ya se habían retirado del lugar, ella reanudó su camino de regreso con el temor de encontrar más peligros.

–Suficiente… me regreso a casa… extraño mi hogar fuera de peligros como esto, ahora entiendo la que clase de circunstancias de las que nos protegen los buenos hombres de mi aldea –murmuró frustrada y molesta.

Déneve avanzaba paranoica de regreso a casa, intentando recordar el camino que la conducía a esta, ahora otro de sus mayores temores era perderse cada vez más, seguir en ese lugar ya era frustrante, estaba hambrienta, exhausta y sedienta, motivos muy importantes para tomar una decisión drástica y regresar a la Aldea de las Tres Crecientes.

Después de dos días de haberse internado en el bosque, con el transcurso del tiempo finalmente llegó a su tan anhelada aldea, cuando la luna ya estaba en lo más brillante y la noche en su total oscuridad. Al verla todos comenzaron a pasar la voz, la recibieron aliviados por su regreso.

–Déneve ¿Dónde estabas? ¿Tu padre está muy preocupado?

–Lo siento madre, estuve practicando.

–No mientas, tus amigas nos dijeron que pensabas ir al límite del bosque, incluso Eníc y varios de nuestros vecinos están en tu búsqueda, sabes muy bien lo que te pasaría si hubieras cruzado.

–Lo sé madre, tranquila, no lo hice, pero puedo decirte que esta ausencia me hizo mejorar mucho, puedo manipular elementos.

–Solo quiero que estés bien hija, por favor, ve a casa para acompañar a tu padre, yo les daré las gracias a todos.

Déneve tenía un choque de sentimientos encontrados, estaba feliz de haber regresado pero abrumada por pensar en todo el caos que provocó por su ausencia, aquellos hombres residentes armaron varias brigadas de búsqueda, jamás pensaron que ella sería capaz de cruzar el límite del bosque, ante esto, ella no dijo una sola palabra por lo que lo único que prefirió era aislarse un poco y reflexionar sobre lo ocurrido.

Después de haber transcurrido varios días Déneve estaba castigada, se le obligó a permanecer en su casa para evitar otro "arranque de curiosidad" y escapar de nuevo a practicar su magia como todos pensaban, solo iba a sus clases y regresaba a casa a cuidar a su padre quien ya tenía una mejoría constante, Déneve tampoco le hablaba a sus amigas ya que sintió que al delatarla ellas fracturaron su lealtad aunque por su bien tuvo que ser así, por ahora solo quería estar sola, así fue por los siguientes días cuando su padre al fin pudo salir a trabajar en las caravanas mercantes nuevamente se quedó en casa con su madre.

Una mañana, Déneve practicaba en el patio de su casa cuando una pequeña niña se sentó en una roca para ver lo que era capaz de hacer. Aunque muy joven era una admiradora de Déneve, la pequeña Samantha "Sami", era la hija más joven de la maestra Sarah, una niña de seis primaveras con un largo y lacio cabello color fuego y cuyos ojos hacían juego con una enorme gema azul adornada en su cuello con una cadena de plata que la hacía relucir una belleza única.

—Déneve, cuando fuiste allá afuera, ¿No te encontraste con el Muñequero? —Cuestionó la pequeña niña.

—No, nada de eso, solo había árboles y animales.

—¿No te dio miedo?

—Sí, pero me enfoqué en entrenar.

—Cuéntame Déneve, ¿Cómo haces flotar las rocas? —Comentó la pequeña Sami llena de curiosidad.

Déneve sonrió y enrojeció por no tener una idea de cómo empezar su narración —Muy sencillo, solo imagínalo, piensa en que lo vas a lograr, solo es cuestión de concentrarte, si quieres te enseño.

A partir de ahí Déneve tenía a una aprendiz que la acompañaría durante sus prácticas, así pasaban las horas y los días, la joven Déneve había mejorado bastante en lo que iba de la primavera, pronto llegaría el tan esperado momento, la estación que les trae alegría en la Aldea de las Tres Crecientes.

SOLSTICIO DE VERANO

La primavera terminó y como todos los años en la aldea se celebra el inicio del tan esperado verano, conmemorando la estación, en el último día se empieza con un gran banquete al lado de una fogata donde bailan y cantan a la luz de la luna, hay ocasiones en las que cuentan historias, el suficiente tiempo para esperar a la madrugada el solsticio de verano y con estas las lluvias que les proveerán de abundantes cultivos. Por la mañana hacían los preparativos para que al anochecer pudieran disfrutar sin inconveniente, Déneve ayudaba a llevar la comida a la mesa en la que se servía el banquete y también a cargar pesados trozos de leña con la pequeña Sami que recolectaban para encender la fogata; mientras caminaba con dicho cargamento, Déneve tropezó y la leña cayó al suelo, ella se agachó para recoger la madera cuando en ese momento Eníc llegó para ayudarle.

–Eníc, llegaste –dijo Déneve con emoción.

–Justo a tiempo para celebrar.

–Creí que vendrían más tarde.

–Pues aquí estamos, nos preparamos desde ayer para poder llegar a tiempo al festejo Déneve.

Mientras conversaban, Eníc notó a Alyn que los observaba a unas puertas de ahí.

– ¿Aún sigues molesta con ellas?

—Creo que ya no Eníc, pero no sé cómo romper el hielo.

—Déneve vamos, tenemos que seguir ayudando —interrumpió la pequeña Samantha.

—Ya voy —dijo la joven alejándose de su amigo.

La noche llegó y todos celebraban, la música sonaba con alegría y todos bailaban en parejas divirtiéndose, los niños jugaban felices y saboreaban el banquete, Déneve estaba sentada junto con Alyn y Layra, reconciliando su amistad y fortaleciéndola.

—No queríamos que te pasara nada Déneve, lo hicimos porque debíamos hacerlo, la culpa no nos dejaría vivir tranquilas si te pasara algo.

—Al fin lo entendí Layra, también fue difícil para mí regresar con ustedes, mi egoísmo me llevó a esto.

—A veces para salvar a una amistad se rompen los códigos y los pactos, arriesgamos tu amistad para ayudarte Déneve, no para que te castigaran.

—Son las consecuencias de mis actos Alyn, supongo…

— ¿Entonces cruzaste el límite Déneve?

—A decir verdad… no Layra, solo me puse a entrenar —respondió con la mirada al cielo.

—Entonces, mientras entrenabas ¿Viste al muñequero?

—No Layra… tampoco…

Después de la conversación, las tres jovencitas disfrutaban la velada con emoción, todo era maravilloso para ellas, se estaban divirtiendo mucho. Bailaban y disfrutaban la comida con gusto. No satisfechas, las dos le preguntaban a Déneve sobre su aventura cerca del límite, lo que vio en el bosque y cómo fue capaz de arriesgarse a permanecer fuera de la aldea por tanto tiempo, repentinamente Eníc se acercó a Déneve y le pidió si podría bailar con ella, Déneve aceptó con gusto, Eníc estaba tan ilusionado que no quería dejar de disfrutar cada momento con ella el tiempo que fuese necesario.

— ¿Te estás divirtiendo? —Preguntó Eníc mirándola a los ojos.

—Sí, todo es maravilloso, ¿Y tú?

—También, pero estoy algo confundido.

—Confundido… ¿Por qué?

—Por nada, es solo que... bueno olvídalo —comentó algo nervioso, al haber decidido callar sus sentimientos, Déneve miró con confusión por la actitud de Eníc pero lo ignoro y siguió bailando.

Los dos disfrutaban el momento de diferentes maneras, Déneve comenzó a notar que Eníc la abrazaba muy fuerte, ya no por afecto de ser tan buenos amigos, comenzó a sentirse incomoda al ver que Eníc la miraba con los ojos brillantes y llenos de ilusión, y no pretendía dejarla ir.

—Eníc por favor me estas lastimando —dijo ella intentando salir de los brazos de su acompañante.

—Discúlpame…

—No te preocupes Eníc, pero… ¿Estás bien?

—Sí… será mejor que nos sentemos un momento.

Eníc estaba tan nervioso que casi tropieza con una pareja de jóvenes que estaban hablando cerca de ellos, en el momento trató de disimular un paso de baile aunque solo delató la presencia de su torpeza por el nerviosismo que le invadió, al mirar por el lado equivocado, sus temblorosos pies se enredaron haciéndolo tambalear, en ese instante incorporó su postura y con un gesto en su rostro intentó demostrar que solo pisó una piedra pero Déneve solo reía.

Una vez fuera del área de baile, los dos se sentaron junto con Alyn y Layra quienes estaban platicando, cuando llegaron los miraron algo emocionadas y confundidas al mismo tiempo, Déneve se sintió algo inquieta así que mejor inventó una excusa para dejar a los tres e ir por algo al banquete.

— ¿Y qué, ya le dijiste? —Preguntó Alyn algo emocionada.

— ¿Qué cosa? —Respondió cuestionando Eníc algo nervioso.

—No hagas como si no lo supieras, ya nos dimos cuenta de que te gusta Déneve —dijo Layra con un tono suave.

—Claro que sí, es mi mejor amiga —comentó Eníc tratando de ocultar sus sentimientos.

—Eso ya lo sabemos, pero estamos seguras de que sientes algo más por ella, se ve en la forma en que la miras, no sé por qué ella no lo ha notado —comentó Alyn.

—Tal vez ya lo notó y se rehúsa a corresponderme…

Eníc no dijo más al respecto solo se encogió en hombros y bajó la cabeza ya que pensaba que sus sentimientos por Déneve eran demasiado obvios para los demás, tal vez ella ya lo sabía pero no estaba seguro de eso, quizá debería decirle la verdad, pero… ¿Y si ella no sentía lo mismo? No sabría qué hacer para reparar lo que habría hecho, su amistad estaba en juego y ese momento lo demostró, tal vez acabaría con todo y no volverían a hablarse, sin más que agregar sacudió la cabeza para olvidarlo y poder disfrutar lo que restaba de la noche.

—No sé de qué hablan —comentó Eníc levantándose para ir por algo de beber.

Después de un momento Déneve regresó con Alyn y Layra, las dos no dijeron una sola palabra, solo la miraron llegar, pero ella sintió que ocultaban algo aunque decidieron no hablar sobre el tema que anteriormente las tenía impacientes.

La noche pasaba y todos se divertían a acepción de Eníc que seguía confundido por lo que Alyn y Layra le dijeron, su corazón estaba latiendo rápidamente y sentía que temblaba por los nervios, un joven se acercó a él para animarlo pero no pudo conseguir que olvidara esos pensamientos.

Déneve disfrutaba la fiesta junto con Alyn y Layra, Eníc por otra parte decidió irse abrumado sin saber qué hacer ni que pensar; las horas pasaron y todos los pequeños volvieron a sus cabañas para dormir y descansar de la fiesta en la que todos se divirtieron mientras que los adultos esperarían ansiosos el amanecer.

La noche se iluminaba poco a poco hasta que el astro flamígero hizo su presencia, en ese momento las matriarcas, las sacerdotisas y los aldeanos daban la bienvenida al tan esperado verano, finalmente la abundancia llegaría a sus hogares durante toda esa estación.

Después de una buena velada, al mediodía, Déneve fue a visitar a Eníc, pero todos los hombres ya se habían ido a trabajar una vez más, ellos habían interrumpido su viaje de actividad para estar presentes durante el festejo de la llegada del verano, una vez terminado, regresarían a sus deberes, debido al atraso que significaba el rezagar un viaje de trabajo podrían durar más tiempo para recuperar la labor no concluida, ante esto ella se sentía algo culpable pues no pasó con él lo que restaba de la celebración, solo recordó el momento en que lo dejó solo sin darle otra oportunidad de salir a bailar de nuevo, una equivocación que se pagaba amargamente entre los recuerdos hasta que el tiempo diera alivio con el pasar de los días en la Aldea de las Tres Crecientes.

Varias semanas después, mientras los hombres volvían de sus deberes como era costumbre, Eníc caminaba hasta su cabaña, por un momento buscó a Déneve pensando donde podría estar, cuando la vio entrar al bosque, no dudó en acudir y se dirigió decidido a donde estaba para confesarle sus sentimientos, los días de ansiedad y reflexión le dieron el valor suficiente para arriesgarse a lograrlo, aunque estaba algo nervioso pero sabía lo que debía hacer, sin embargo, se preguntó un momento en cómo se lo diría, así que mejor decidió darse la vuelta y regresar por donde había venido, pero en un descuido se estrelló con Kortéc quien se había topado con él obstruyendo su camino.

– ¿Estás preparado? –Le dijo con voz seca y la mirada fija.

– ¿Para qué, señor?

–Para cumplir lo que has decidido hacer.

–No sé de lo que me está hablando.

Kortéc lo miró algo serio y movió su cabeza de lado a lado dando la expresión de que algo estaba mal.

–Sabes… chico, yo siempre digo cuando no estoy seguro de algo "Cada minuto que pasa es un minuto que no podrás recuperar", así que espero que en los siguientes minutos consigas lo que quieres, por ejemplo… el cariño de mi hija –le dijo en voz baja para que solo él pudiera escucharlo.

–Pero…y… ¿Si no lo consigo?

–Eres un buen muchacho, me caes bien al igual que tu padre quien es mi gran amigo y me lo dijo, solo recuerda que "no se pierde sin luchar", si eres correspondido, ella será lo infinitamente grandioso que podrás tener en tu vida.

–Gracias… tomaré su consejo señor.

–Hasta pronto muchacho.

Kortéc dio media vuelta y se retiró dejando a Eníc solo con sus pensamientos mientras decidía como decirlo, una vez preparado, organizó sus ideas, suspiró, apretó los puños y caminó directo hasta donde ella estaba, sus piernas temblaban, le preocupaba el momento de llegar perder el habla si su nerviosismo empeoraba, pero eso no lo detuvo, se decía así mismo "tú puedes hacerlo" y lo repetía para no permitir que sus nervios lo traicionaran; al llegar con Déneve, ella estaba sentada en una roca en ese bello bosque alrededor de la aldea, al estar frente a ella se mantuvo derecho para iniciar a confesar sus sentimientos.

– ¡Eníc hola! Ya regresaste, significa que mi padre también ya está aquí –dijo mientras se levantaba para abrazarlo, al hacerlo notó que él estaba nervioso.

–Ho… hola…

– ¿Pasa algo? Eníc…

–Déneve… vengo a decirte algo importante…

– ¿Qué pasa? … Si es por lo de la noche en la fiesta, siento mucho el haberte dejado… no dejo de pensar en eso, estas semanas sin verte han sido una tortura.

Eníc pareció un tanto confundido ya que no sabía que decir, frotó la parte inferior de su rostro por un momento para responder.

–Bueno…Déneve, vengo a decirte que tú… eres una joven muy grandiosa… yo me siento feliz de conocerte… ante todo esto quisiera que tú y yo...

El joven estaba a punto de confesar sus sentimientos hacia ella cuando Déneve se distrajo por mirar hacia el pueblo, logró ver a lo lejos la silueta de un hombre que salía por el otro extremo del bosque, vestía un atuendo extraño, –"¿Podría ser militar de algún reino?" –Se preguntó, pero al ver que desde lejos la maestra Sarah y a la pequeña Samantha corriendo para abrazarlo, pudo deducir que se trataba de alguien especial.

– ¿La maestra Sarah? … Ya sé, es su esposo, los Centinelas regresaron Eníc, vamos para allá.

—… Si… vamos… —respondió con un deprimente suspiro.

Al parecer se trataba del esposo de su maestra Sarah quien había regresado después de mucho tiempo, tras él se veía un regimiento de militares, al contemplar tan imponente caravana montada en corceles negros y bien acorazados, toda la aldea fue a recibirlos; siendo curiosa, Déneve corrió también para saludar dejando a Eníc allá atrás antes de que pudiera decirle algo. Una vez en el lugar, ella se acercó a los recién llegados, era un ambiente alegre, cuando todos recibían a los soldados ella se vio rodeada de júbilo y curiosidad, al girar la mirada pudo contemplar que uno de ellos fue el primero en bajar de su montura y quitarse su capucha para descubrir su rostro, se veía más apartado de los demás y evidentemente más joven, era un varón bien parecido, alto, tez blanca ojos oscuros, cabello muy corto el cual le daba un porte algo desafiante, Déneve lo miraba boquiabierta ya que hubo algo en él que le llamó la atención así que para recibirlo decidió acercarse con el pretexto de ayudarlo a desempacar, lo más importante para tener ese curioso primer contacto era llegar directamente para poder entablar una charla; una vez cerca del joven ella trató de llamar su atención aunque solo él la ignoraba ya que buscaba acomodar su pesado equipaje.

—Hola…permítame ayudarlo… —dijo ella tratando de tomar lo que traía en la mano pero él se lo impidió al retirar el objeto que cargaba.

—No es necesario señorita, esto es muy pesado, yo puedo hacerlo, gracias de todos modos —respondió de una manera indiferente, ni siquiera volteando a verla.

—Insisto en ayudarlo… —Comentó nuevamente pero él volvió a rehusarse.

—Lo siento niña, pero no permito que cualquiera maneje este equipo bélico —comentó mientras acomodaba sus pertenencias.

Ante el comentario tan grosero del joven, ella se ofendió y sin decir algo al respecto se retiró ofendida del lugar dejándolo ahí mientras que actuaba como si jamás la hubiera visto o conocido.

Déneve se había ofendido demasiado, jamás había sentido tanto desprecio como el que aquel sujeto le había demostrado, al retirarse del lugar el joven reflexionó sobre su actitud y la llamó para que regresara pero ella se negó a voltear hasta que una mano en su hombro derecho la detuvo, al dar media vuelta lo miró a él.

–Me disculpo por haber sido tan grosero es solo que…

–Es solo que no es lo demasiado agradecido como para permitir que una hechicera trate de ayudarlo y darle bienvenida –interrumpió molesta, pero el continuó ignorando el comentario de Déneve porque la veía fijamente a los ojos.

–Es solo que no puedo permitir que una señorita de apariencia tan frágil cargue una caja tan pesada y que pudiera correr el riesgo de lastimarse –respondió en tono suave.

–No soy frágil, ninguna de nosotras lo somos.

–Lo sé, hace tiempo que no había venido, por poco olvidé que este majestuoso lugar esconde el poder y la belleza de Vanya la deidad.

Sonrojada por el comentario, Déneve lo miró por un momento, al interpretar sus palabras pensó en lo amable que fue al decirle hermosa con el solo hecho de dirigirse a ella como una Diosa.

–Gracias por el cumplido, pero recuerde no volver a subestimar la capacidad de las mujeres de esta aldea.

–Le prometo que no volverá a pasar –respondió al tomar su mano y besarla, en ese momento otro de los soldados lo llamó.

–"Interceptor", necesito que muevas tus cosas inmediatamente, tenemos asamblea con las matriarcas –ordenó el soldado.

–Debo darme prisa con esto, espero volver a verte.

En ese momento él se retiró con su pesado equipaje dejando a la joven Déneve boquiabierta. Mientras los soldados se agrupaban para saludar y ser recibidos por el pueblo, los aldeanos prepararon una bienvenida por la llegada de sus visitantes, por mucho tiempo ellos habían dedicado su lealtad en proteger la aldea, debido a una misión tuvieron que retirarse por mucho tiempo, dejando esposas e hijos, pero finalmente, regresaron. Gustosos por la situación, ellos se incorporaron a su nueva vivienda para así salir a la explanada del centro de la aldea y divertirse en la festividad preparada por los residentes. Una vez ahí, todos disfrutaban del banquete al aire libre y del popular baile como era costumbre, con el paso de un par de horas, Déneve recorrió el lugar tratando de buscar al soldado pero él no se encontraba ahí, al cruzar la mirada notó que sus amigas Alyn y Layra se encontraban degustando un guisado en una gran mesa por lo que prefirió acompañarlas y pasar un rato agradable. Minutos después Eníc hizo su aparición y al verlas se acercó a ellas logrando notar que Déneve buscaba a alguien pero no se atrevió a molestarla, en ese momento el joven centinela hizo su aparición al lado del esposo de la maestra Sarah con sus dos pequeñas hijas, se sentaron del otro lado de donde ellas estaban.

—Fueron varios días pero finalmente llegamos —comentó el esposo de la maestra Sarah.

—Los caballos fueron de utilidad pero si queremos permanecer aquí deberemos construir nuestros propios hogares y establos, ya hemos causado molestias —respondió el joven.

—Por ahora no nos necesitan allá afuera, debemos mantener el límite protegido, mi esposa me dijo sobre el ataque a las caravanas, eso es inaceptable, ese descuido casi le cuesta la vida a nuestros vecinos, la aldea puede defenderse sola pero los hombres no son soldados, esa es nuestra función.

— ¿Cuánto tiempo estaremos aquí señor Gálamoth?

—El tiempo que sea suficiente, por lo menos hasta recibir nuevas órdenes por parte del Pendón de Reclamadores, ellos nos darán cuenta de la situación de allá, por ahora nuestra gente nos necesita.

Déneve observaba con curiosidad ya que en pequeños lapsos de tiempo él cruzaba miradas con ella, sonriendo de una forma que la hacía vibrar. Eníc se dio cuenta y los celos lo invadieron al ver que Déneve veía a aquel sujeto, intentó calmarse pero no lo podía ignorar.

La noche estaba en su punto más oscuro, las únicas luces que iluminaban la aldea eran la de la luna y la gran fogata, la fiesta continuaba pero poco a poco fueron quedando menos personas, Déneve, Alyn, Layra y Eníc, seguían allí, les gustaba ver las estrellas, pero aun no eran los únicos, del otro lado estaban tres de esos misteriosos Centinelas, uno de ellos era el joven que Déneve ya había conocido anteriormente. Eníc estaba algo molesto por la situación, veía como ese "extraño" miraba a Déneve frecuentemente, confundido decidió retirarse del lugar, Déneve notó la actitud de Eníc pero continúo la charla con sus amigas mientras las tres coqueteaban con los Centinelas. La noche ya iba a terminar cuando todos decidieron retirarse e irse a descansar, Déneve se dirigía a su cabaña cuando escuchó que alguien la llamó.

— ¡Señorita!

—Hola, es usted…

—Mis amigos y yo estábamos conversando acerca de nuestra instalación, no nos dimos cuenta que ya se estaban retirando.

—Si ya es algo tarde pero podemos platicar mañana.

—Lo sé, solo quería desearle buenas noches.

Déneve lo observaba desconcertada, pero al final contestó sonriente.

—Igual para ti caballero.

— ¿Puedo acompañarte a casa? —Le preguntó en un tono suave, ella lo miró, sonrió y con un movimiento de su cabeza aceptó. Ya en camino:

—Nuestro líder, el señor Gálamoth nos contó lo sucedido, por eso regresamos, no sabía que había sido tu padre quien fue gravemente herido, también nos contaron de su heroísmo.

—En verdad me preocupé, fue horrible haber vivido ese momento de tensión ¿Cómo puede haber gente tan mala? Es tan triste.

—Ya no más, ante lo ocurrido, el señor Gálamoth nos retiró del campo de batalla para regresar con ustedes y proteger la aldea.

—Abandonar una batalla que duró años para venir aquí a cuidarnos es algo arriesgado para las tropas, podría decir que desertar por unas cuantas vidas es un gran riesgo para el regimiento.

—Son sus órdenes, ese fue nuestro juramento hace ya mucho tiempo, la guerra es lícita y necesaria cuando está en peligro todo lo que amas, pero esta no significa nada si no tiene un verdadero propósito, el señor Gálamoth al igual que los Libertadores luchamos para destruir a los reinos que esclavizan a la gente.

— ¿Cómo es eso? Allá afuera debe haber gente malvada en verdad.

—La hay, también gente ignorante y manipulada, peones desechables que cumplen los propósitos malintencionados de los tiranos, desgraciadamente nosotros hacemos presencia cuando el Pendón de Reclamadores Libertarios, la resistencia contra la tiranía, no puede con enemigos poderosos, han caído muchos justos, hasta hace mucho tiempo, casi medio siglo tuvimos que interferir, le dimos un golpe muy fuerte a uno de los brazos armados más importantes, no tuvimos otra opción, localizaron una de nuestras bases, para evacuarlos a todos debíamos garantizar su seguridad, muchos enemigos cayeron y todos se salvaron, durante todos estos años los hijos y nietos de aquellos valientes reclamadores continúan su lucha, nos necesitan pero ustedes también.

–Lo que me cuentas es tan confuso, aún quiero saber más, de ustedes y de lo que hacen, jamás te había visto.

–Siendo sincero es la primera vez que vengo, no había tenido la oportunidad de venir ni en el primer encuentro, yo estaba luchando contra soldados en la orden donde pertenecía cuando llegaron aquí por primera vez mis compañeros, desde entonces cada visita que hacían yo he estado al mando en el campo de batalla, hace seis años nuestro líder Gálamoth vino con un par de guardias, yo defendía las fronteras costeras para fundar una ciudadela muy lejos de este continente, lejos de todo lo malo.

–Entonces volverán a irse.

–La influencia de maldad y fanatismo que hay aquí en esta planicie es muy poderosa, ya son siglos de lucha, alguna vez nosotros fuimos parte de eso, al abrir los ojos nos dimos cuenta de la gran equivocación, pero ya no más, aún hay gente buena que debe ser liberada, el Libertador, líder supremo de la resistencia reclamadora planea hacer un éxodo masivo en tierras lejanas lejos de la influencia de los fanáticos.

–Me aterra todo lo que dices.

–He vivido cosas verdaderamente aterradoras pero lucho para que otros no las vean.

–Cuando encuentren la tierra prometida ¿Se irán de aquí?

–No lo creo, pero debemos mantener a salvo este lugar, aún hay pueblos allá afuera que están libres, cuando comiencen a ser atacados entonces pelearemos, si las cosas empeoran deberemos salir de aquí.

–No creo que nosotros vayamos a dejar nuestra aldea.

–Por eso no debemos permitir que lleguen aquí, mañana comenzará una pequeña cruzada para mantenerla a salvo, eso significará liberar toda la extensión de bosque de ladrones o enemigos.

–Eso me parece buena idea, ¿Pero van a matarlos? –Preguntó Déneve.

–No, si no es necesario, pero debemos ser discretos, si el temple enemigo descubre que estamos aquí todo acabará cuando comiencen a enviar Guardianes de reconocimiento.

–Bueno, aquí vivo, hemos llegado.

–Muy bien, por ahora me despido, yo seguiré mi camino.

—Fue una buena charla, espero me cuentes más mañana.

—Entonces… ¿Mañana podré verte? —Preguntó el joven soldado.

Déneve abrió la puerta de su casa, entró, miró atrás y respondió: —Claro que si Interceptor, por cierto, mi nombre es Déneve, mucho gusto.

El soldado sonrió, dio media vuelta y se retiró. Déneve entró a su casa para mirar por su ventana al joven Centinela, pensando en que ahora tenía un nuevo amigo en la Aldea de las Tres Crecientes.

VIII

CONOCIENDO A UN NUEVO AMIGO

Al día siguiente, mediodía en punto, Déneve estaba paseando por el bosque jugando con las criaturas que habitaban en este, ella seguía riendo y disfrutando del momento, las hadas le adornaban su largo cabello negro con hermosas flores que recolectaban de los arbustos, repentinamente ella escuchó múltiples golpes, como choques de aceros con algo, Déneve fue a investigar y encontró a un grupo de esos Centinelas, luchando entre ellos, algunos de apariencia joven y otros de edad madura, Déneve veía estupefacta como varios de ellos se golpeaban y se atacaban con armas de diferentes tipos, la joven fémina veía como el joven que ayer conoció estaba dominando la situación derrotando de uno en uno a cada adversario.

—Vamos Interceptor, tu derecha, siempre cuida tu derecha —sugirió uno de los espectadores que estaba en el lugar.

Déneve estaba siendo testigo de un entrenamiento de ellos y aquel guerrero estaba dando el mejor espectáculo que la dejó boquiabierta. Al paso de unos minutos todo terminó, en ese momento la joven hechicera salió de entre los arbustos donde ellos la miraban sorprendidos y sonrientes.

—Saludos señorita, ¡Interceptor llegó tu novia! —Anunció uno de los Centinelas, Déneve se sonrojó apenada por el comentario mientras todos se iban a descansar, en ese momento Interceptor hizo su aparición.

–No escuches a ese loco, dime, ¿Cuánto tiempo estuviste viéndonos ahí? –Preguntó tranquilamente.

–Lo suficiente.

–Ya veo, decidimos entrenar en este lugar para evitar incomodar a los aldeanos, si vamos a vivir aquí debemos adaptarnos a sus leyes.

–A mí no me incomoda, jamás había visto algo así.

–Interceptor, bien hecho pero siempre olvidas defender tu derecha –interrumpió un Centinela de edad madura, un hombre calvo, estatura alta y como seña particular un bigote bien definido.

–Lo siento Efést, pero siempre ataco por el frente, de ahí mi nombre.

–Es cierto, pero recuerda, no siempre podremos usar la "infiltración Subpenumbral", lo que hicimos hoy es lo que haremos algún día y dependerá de nuestras habilidades, los Terranos nos superan en esto por mucho, debemos ser mejores que ellos o nos arrasarán.

–Lo entiendo Efést.

–Por ahora descansa, supongo que estarás muy ocupado hoy –comentó el hombre sonriendo a Déneve, en ese momento se retiró.

–Hoy estamos de buen humor, Efést es un viejo malhumorado.

–Todos ustedes son grandiosos.

–No tanto, nuestras técnicas de combate son antiguas y obsoletas comparándose a la de las elites de otros reinos.

– ¿Los Terranos? –Preguntó la hermosa joven.

–Así es, ellos son solo una cuarta parte de todo el peligroso pastel, pero al menos sobrevivimos.

–Esa arma que cargas, ¿Es una espada verdad?

–Un sable, son más delgados, precisos y letales en manos de quien pueda blandirlos con gallardía.

–Como tú… –comentó con emoción.

–Bueno, mi amigo Melkías es mejor que yo en el arte de la esgrima.

– ¿Esgrima? ¿Qué es eso?

–Es el conjunto de técnicas para el uso de este tipo de armas, floretes, estocas, todo tipo de sables de hoja delgada, yo elegí esta arma porque mis ataques deben ser precisos y efectivos, muchos se van por las armas pesadas pero un fallo en su técnica y caerán por alguien que use este sutil artículo de batalla.

–Esto es realmente impresionante Interceptor.

–Belpher… mi nombre verdadero es Belpher, Interceptor es mi pseudónimo en combate debido a mi estilo de ataque, siempre ataco en la primera línea de formación, no hay enemigo que se me escape.

–Ya veo, eso suena intimidante.

–Lo es, pero hay otros como yo que son mejores, Phineel posee un gran tamaño, es intimidantemente invencible, lo único malo de él es que no hay caballo que lo cargue, imagina tener que caminar por horas y hasta días.

Déneve reía junto con Belpher quien comenzó a tener una amena charla con ella, al paso de unas horas él no dejaba de contarle lo que había vivido allá afuera.

–Debe ser grandioso conocer tantos lugares y culturas distintas.

–Lo es, cada lugar encierra secretos que muchos han olvidado.

–Por cierto, Belpher, ¿Eres inmortal verdad?

–Bueno, eso depende del concepto, nosotros formábamos parte de una élite templaria la cual conservaba a sus mejores lacayos con la inmortalidad, solo el Gran Guardián de esa orden poseen la inmortalidad absoluta, los serviles beben un elixir que detiene el tiempo en sus cuerpos, los mantiene jóvenes y fuertes para seguir sirviendo al menos por medio siglo, cuando ya no son útiles simplemente dejan de proveerles el elixir, hace ya mucho tiempo nuestro batallón era tan efectivo y leal que decidieron otorgarnos la salud eterna, la llamada inmortalidad perpetua, con esta no necesitamos de beber elixires de ningún tipo pero eso no evita que podemos morir, simplemente no envejecemos, podemos morir en batalla o por algún descuido accidental.

–Impresionante, yo quisiera tener esa inmortalidad.

–No es tan divertido, tampoco agradable si no tienes un buen propósito, con esta carga ves morir a muchos que conoces, vives ciclos nuevos que vuelven a repetirse después de largos periodos de tiempo, para mí ha sido lo mismo desde hace mucho, aun siendo inmortal peleamos una lucha que parece no tener fin.

–Por qué sigues luchando, ¿Qué es lo que te obliga a seguir en esa guerra interminable?

–No estoy obligado, estoy convencido, hace mucho tiempo nos dimos cuenta que nuestro propósito era asesinar para cumplir las ambiciones de los verdaderos pecadores, nuestra lealtad nos marcó, los que decidimos poner fin a esto fuimos perseguidos por los fanáticos, luchamos contra nuestros antiguos hermanos de la orden y los eliminamos, eran ellos o nosotros, decidimos escapar, al principio nos separamos, algunos desaparecieron, otros nos reuníamos en tabernas para buscar un nuevo propósito, así conocimos a los Reclamadores, soldados valientes que luchaban contra el fanatismo esclavista y controlador de masas al que estábamos huyendo, después de conocerlos entendimos cual sería nuestro propósito, alguna vez exterminábamos para esclavizar al resto en nombre de un "Redentor", desde esa fecha hasta hoy luchamos para limpiar lo que nuestras atrocidades sentenciaron, buscamos liberar y proteger, defendiendo al líder supremo llamado el Libertador.

— ¿El Libertador?

—Así es, nadie conoce su verdadero nombre, eso fue enterrado en un triste pasado.

— ¿Qué le pasó?

—Solo sus más cercanos compañeros que lucharon a su lado cuentan historias sobre él, era un indomable guerrero el cual fue buscado por el temple del caos, después de tiempo se dedicó a ser mercenario al servicio de los tiranos, así le exoneraron los crímenes de conspiración en contra de un reino dominado por el temple, cuentan que en sus tareas conoció a una hermosa y valiente princesa quien se hizo reina a temprana edad, él era amigo de ella, después ocurrió lo inesperado, ambos se enamoraron sin importar la imposibilidad de tener un futuro, aun así eran felices viviendo un sueño prohibido, entonces ocurrió la tragedia, en una conspiración al buscar arrebatarle influencia y poder al temple sobre los reinos del sur, fueron traicionados por el hermano de ella quien ascendía a la corona de otro poderoso reinado, ella era el único obstáculo para dominar todo ese territorio, una noche se desató una guerra civil donde al final todo el lugar fue arrasado por fuerzas del temple donde incluso la bella reina, su amor prohibido le fue arrebatada, culpando a aquellos que buscaban luchar por ser librepensadores, toda alegría y felicidad fueron sepultadas entre los escombros de un pueblo derrotado por la traición de la tiranía hipócrita del temple, ese hombre murió por dentro, pero su propósito jamás había sido tan firme, juró luchar para liberar a los pueblos de la abominación dominante hasta el fin de sus días.

—Eso es algo triste, pareciera una venganza disfrazada de justicia.

—Si es en contra del mal que así sea Déneve, hasta ahora lucha contra los fanáticos, esclavos que no quieren soltar sus cadenas y que luchan contra el movimiento, pero él mantiene su palabra hasta ahora, algunos lo acompañan en el campo de batalla, dicen que posee una armadura impresionante, es más alto que Phineel y más rápido que nadie, dicen que posee reflejos que puede encarar a un ejército él solo, cuando no está en el campo de batalla está educando a aquellos que "buscan la gran luz" como así llamamos al conocimiento y a la libertad, su convicción es incorruptible, yo no lo conozco, desde que me inicié en el Pendón de la Reclamación yo he estado en campos de batalla y en puestos de mando lejanos, el señor Gálamoth era un respetado líder de agrupación de Reclamadores, fue el último en unirse a nosotros, los Cuervos de Acero.

— ¿Cuervos de acero? —Preguntó sorprendida.

—Sí, así se nos conoce allá afuera, es el nombre con el que nos bautizaron como unidad de Élite hace ya mucho tiempo, ustedes nos conocen como los Centinelas, un nombre el cual haremos honor de ganarlo.

—Entonces, ¿El esposo de la maestra Sarah era guardia del Libertador?

—Eso ha sido hace ya tiempo, hace seis décadas aproximadamente, su experiencia como ex soldado Terrano y su lealtad así como su gallardía en las cruzadas por la libertad; nos dieron muchas oportunidades de seguir pasando la antorcha de la esperanza, así se ganó nuestro respeto y liderazgo, él y Efést han visto en persona al líder supremo, ellos formaban parte de su guardia, hace tiempo se organizó la cruzada con el fin de realizar un éxodo masivo para buscar tierras que estén libres de fanatismo.

—Eso me lo contaste ayer Belpher, entonces, el señor Gálamoth y ustedes abandonaron a su líder en el momento que más los necesita.

—Tuvimos nuestras razones, también hay lealtad aquí, el Libertador, a diferencia de la orden, es comprensivo y justo, la orden nos declaró desertores y nuestro castigo sería la muerte mientras que él no pensó dos veces en apoyar nuestro llamado al cese de la cruzada para regresar a protegerlos, así mismo él nos esperará en algún momento, por ahora ustedes son prioridad nuestra.

—Que generoso, a pesar de que pareciera que estén perdiendo más de lo que ganan.

—Es cierto lo que dices, pero mientras haya una persona indomable que luche convencido por lo que ama y que sea capaz de morir por la justicia verdadera, entonces, ellos no habrán ganado, su imperio es poderoso y sus inquisidores son crueles pero nuestro amor y convicción son eternos.

Déneve observaba la mirada firme de Belpher, él estaba convencido y dispuesto a todo.

—De todo lo que me has contado aún se me dificulta comprender, hablo de dejar de lado su longeva tarea para ir a proteger una insignificante aldea, la magnitud de la situación sobrepasa todo esto.

—Ustedes son parte fundamental de lo que predicamos, son un pueblo libre, la influencia externa no los ha invadido, esta aldea nos dio refugio cuando alguna vez lo necesitábamos, es lo menos que podemos hacer, sabemos que hace mucho tiempo los Guardianes Terranos vinieron a visitarla, se pactó con la orden hipócrita, el aislamiento sería el mejor aliado y así ha sido pero ahora la influencia fanática pretende expandirse con un imperio unificado y con esto su poderío, serán capaces de no respetar su tranquilidad, la expansión de su imperio es inevitable, por eso debemos hacer algo, al menos ya estamos aquí.

—Suena aterrador como lo dices, ¿Qué harán para evitar eso?

—Aún no lo sabemos Déneve, hasta ahora las propuestas son arriesgadas, pero aún tenemos suficiente tiempo para pensar y conocernos mejor —respondió sonriente mientras la hermosa jovencita lo miraba fascinada.

Ellos conversaban amenamente sin darse cuenta que eran observados a lo lejos por Eníc, su mirada era vacía y confusa, la expresión de su rostro mostraba señales de enojo, el joven hiperventilaba, yacía ahogado de celos por ver a Déneve platicando con aquel "desconocido". Ignorando la situación, Déneve continuaba conversando con Belpher.

— ¿Entonces tú practicas con la esposa del señor Gálamoth? —Preguntó Belpher mientras blandía su sable.

—Así es, en ocasiones yo sola, he aprendido mucho estos días, demasiado diría yo.

— ¿Además de los elementos qué otras habilidades tienes?

—Hasta ahora, estoy desarrollando una barrera la cual sea irrompible pero requiero de mucha cantidad de maná, también estoy especializándome en la energía sanadora.

—Interesante… ¿Sabes de magia oscura?

—No, aún no, solo las brujas avanzadas como la maestra Sarah y las matriarcas saben manipular hechizos de esa clase.

—Interesante, me gustaría conocer más acerca de esa magia sanadora, podrías contarme como lo haces.

—De hecho, te lo puedo mostrar.

En ese momento la joven Déneve miró sus alrededores y observó una marchita y maltratada flor la cual habían pisado los Centinelas en su entrenamiento, inclinó sus rodillas, frotó sus manos y las extendió abiertas sobre la flor, Belpher observó impresionado como la pequeña planta recuperaba color y brillo así como también enderezaba su tallo.

—Es impresionante Déneve…

—No del todo, por ahora solo funciona con plantas, aún no puedo sanar personas o animales.

—Poco a poco mejorarás, comentaste que puedes materializar un campo de fuerza.

—Sí, la idea es fortalecer mi aura para que nada la traspase, hasta ahora solo la hago brillar, al incrementar su potencia puedo bloquear pequeñas rocas que lanzo al cielo pero cada impacto me lleva al borde del cansancio, es muy difícil aún.

—Necesitas meditar para fortalecer tu espíritu y canalizar mejor el maná que te rodea, yo puedo ayudarte con eso.

— ¿Eres hechicero? Creí que solo las mujeres somos capaces de usar la magia.

—En la ley de tu aldea así es, pero allá afuera hay otras reglas, te explicaré.

En ese momento, Belpher se puso de pie y se situó en el centro de ese lugar, Déneve fue a tomar asiento en una gran roca para escuchar a su amigo.

—Nosotros somos soldados pero gracias al conocimiento adquirido de maestros que alguna vez nos enseñaron, desarrollamos artes que nos dieran la ventaja en batalla, por la categoría, utilizamos magia oscura, hasta ahora es lo más efectivo que poseemos —explicó Belpher mientras hacía una rutina de muestra con su acero.

—Si tenía entendido que hay quienes solo utilizan una categoría de hechicería, pero, ¿Qué es lo que saben hacer Belpher?

—Mira esto… —respondió.

En ese momento Belpher miraba sus alrededores, buscando algo, un espacio, él guerrero caminó hacia una parte oscura, un puñado de arbustos hacían una sombra más espesa, ahí se posó y de forma increíble desapareció, Déneve saltó asustada, Belpher había desaparecido ante sus ojos.

—Miren que tenemos aquí —se escuchó la voz de Belpher entre ese oscuro espacio.

—Tranquilo Interceptor, no es lo que parece —se escuchó otra voz de ese mismo lugar.

Repentinamente de ese espacio salieron dos jóvenes Centinelas, uno de complexión robusta y otro alto y delgado, ambos miraron apenados a Déneve, uno de ellos le sonrió y salió corriendo mientras que el otro no sabía qué hacer.

—No es lo que parece, solo practicábamos.

—Sí, seguro, espiándonos, ¿No es así?

—No, lo juro, de hecho en aquel rumbo hay un joven de la aldea el cual desde hace bastante tiempo él sí los ha estado espiando —comentó el Centinela señalando el lugar; al ser descubierto Eníc salió disparado de entre los arbustos alejándose sin dar rastro de quien era.

— ¿Sabes quién es ese "espía"?

—No, interceptor…

— ¿No? Bueno entonces has lo mismo que él y ya vete de aquí, revisaré más seguido estos espacios para ver si te quedan más ganas de espiar a la gente —respondió mientras el otro joven Centinela salió corriendo.

—Enserio es penoso esto Déneve, disculpa a esos tarados, los quiero tanto, son tan encantadores, principalmente ese par, siempre se les ocurre hacer travesuras de ese tipo, inmaduros… —comentó Belpher desde la oscuridad.

—No hay cuidado, me pareció gracioso.

—Siempre se aprende algo nuevo con ellos.

—Entonces lo que tú y ellos hicieron, es invisibilidad.

—No… —respondió el guerrero quien en ese momento apareció de nuevo por ese camino.

— ¿Qué hiciste entonces?

—Lo llamamos, Infiltración Subpenumbral, es la capacidad de entrar en las sombras o en la oscuridad, podemos usarlo para tele transportarnos a cualquier lugar e infiltrarnos en cualquier rincón, incluso en la sombra del adversario para tener el control sobre él y eliminarlo de forma rápida y efectiva.

—Impresionante, esto los hace invencibles.

—Desgraciadamente esto no funciona en espacios estrechos a nuestra complexión, tampoco lugares bien iluminados, consagrados o protegidos con escudos y barreras mágicas, aunque esta habilidad nos ha dado la ventaja en los combates, requiere de mucho maná para poder ejecutar esta habilidad, practicando vas fortaleciéndote a tal grado que puedes permanecer mucho tiempo en la oscuridad.

— ¿Qué pasa si te agotas mientras estás dentro de una sombra?

—Simplemente te materializas, siendo visible para todos, en una situación crítica es lo peor que te puede pasar pues tendrás que valerte por tus habilidades de combate para salir de ahí.

— ¿Qué se siente estar ahí dentro Belpher?

—Es como estar en un velo oscuro, hay mucha paz, tranquilidad, es un lugar ideal para conocerse así mismo.

—Pero si en ese lugar encienden la luz, ¿Qué te pasaría? ¿Desaparecerías?

—No, ese lugar queda sellado y te empuja a otro donde no esté bloqueado, es como dar la vuelta a la siguiente página de un libro, nos pasa seguido cuando nos desplazamos entre los árboles con el movimiento impredecible de las antorchas o fogatas de algún lugar, suele confundirnos y desorientarnos pero te acostumbras a ser más preciso hacia donde te desplaces.

—Es increíble, quiero que me enseñes a mejorar mi capacidad de maná, podrías enseñarme a hacer eso.

—Nadie me lo ha prohibido así que no veo el problema de eso —respondió sonriente.

—Empecemos lo antes posible —comentó gustosa, él la miró e hizo una reverencia con su sable en mano.

—Entonces que así sea señorita Déneve.

En ese momento el par fue sorprendido por el ruido de unos arbustos.

—Otra vez tus amigos Belpher.

—No, está materializado, viene hacia acá —comentó mientras se puso en guardia avanzando frente a Déneve para mantenerla a salvo, de pronto, una criatura hizo su aparición, se acercó poco a poco a Belpher, mientras él lo veía impresionado.

—Un ciervo dorado, desde hace tiempo que no había visto uno —comentó mientras extendió su mano y acarició su hermoso pelaje.

—Le agradas —comentó Déneve sonriendo.

—Increíble…

—Se llama Aknor.

—¿Lo conoces?

—Lo adoptamos Eníc y yo.

—¿Eníc?

—Es mi mejor amigo, luego te lo presentaré.

—Aún me falta por conocer a más personas, solo espero quedarme lo suficiente —comentó mientras Déneve veía como Belpher no dejaba de acariciar al bello Aknor.

—Bueno… creo que ya debo irme, es hora de la merienda… tengo que volver Belpher.

—Puedo acompañarte a casa si lo deseas.

Ante la petición del Centinela, ella sonrió y con un movimiento de su cabeza aceptó, en ese momento él enfundó su espada, levantó sus cosas y partieron rumbo a la aldea.

Al llegar a unos metros de la casa de la joven hechicera, ambos se despidieron, Belpher dio media vuelta y se integró a un grupo de compañeros que pasaba por el lugar, Déneve sonrió y suspiró, dio media vuelta y fue sorprendida por su amigo Eníc quien apareció de la nada.

—Eníc, que bueno verte, ¿Cómo estás?

—No muy bien que digamos…

—¿Estás enfermo? ¿Lastimado? Aún no puedo sanar a personas…

—No, no lo estoy, ya vi que solo puedes sanar plantas, espero que tu amigo el "Cuervo de Acero" te enseñe a usar magia avanzada.

—Entonces… tú eras el que nos espiaba…

—Eso ya no importa.

—Porque no llegaste a saludar, pudiste ver más de cerca la demostración de sus habilidades.

—Creo que vi lo suficiente…

—¿Estás molesto? ¿Qué te ocurre?

—Resulta que por estarte buscando, la caravana se fue sin mí y ahora estaré aquí apoyando en los cultivos, cosa que no hago desde hace tiempo.

—Y ¿Crees que soy la culpable de eso?

—Eso ya no importa —comentó enfadado, en ese momento se retiró del lugar, dejando desconcertada a Déneve, ahí mismo, hicieron su aparición Layra y Alyn quienes le preguntaron en donde había estado, Déneve solo dijo que estaba en el bosque, nunca explicó el resto.

—Déneve, después de comer debemos ir con la maestra Sarah, tendremos una clase importante.

—Bien, ahí estaré, las esperaré en la plazuela cerca de la fuente.

Una vez pactada la reunión entró a su casa, saludó a su madre, lavó sus manos y se sentó a comer y a conversar con ella sobre lo sucedido hace unas horas.

—Es una bendición que los Centinelas hayan venido.

—Madre, Poseen habilidades increíbles.

—No lo dudo, pero ese nuevo amigo tuyo tiene algo que no me agrada.

—Madre ya vas a empezar de nuevo…

—Ya lo sé, pero me agrada más la amistad que tienes con Eníc que con un Centinela, ellos se van y tardan hasta años en regresar, eso no es muy productivo para una familia.

—Ellos son héroes que nos protegen…

—Pues al menos deberían traer sustento, algo para vender allá como lo hace tú padre o Eníc.

—Eníc está molesto conmigo.

—Y ahora ¿Qué ocurrió?

—Me dijo que por mi culpa lo dejó la caravana, creo que está enojado por mi amistad con Belpher.

—Los jóvenes de esta aldea comienzan a madurar pronto, Eníc se siente desplazado, casi no te ve y seguramente está celoso porque le hablas a ese Centinela, debes entender un poco su situación, a tu papá le agrada la idea de que él pudiera ser tu esposo.

— ¿Eníc? Madre, por favor…

—Está bien, disculpa mi insolencia pero también debes pensar en eso, estás en edad de conocer chicos pero también de responsabilizarte con mantener los juramentos del pacto con la aldea, a mí me gustaría que fueras parte del consejo, con un hombre responsable que te ame, eso te haría feliz y grande.

– ¿Me haría feliz a mí o a ti?

–A todos, tu padre no deja de hablar sobre un buen partido y yo sobre el consejo matriarcal, ambos caminos a un éxito anhelado por todos los habitantes, deberías pensar así, esa es la forma de prosperar aquí.

–Son solo dos caminos, algo muy limitado para alguien que aspira a más.

–No hay más, solo eso…

–Aquí solamente madre, pero imagínate allá afuera, sin los prejuicios o mitos sobre el límite.

– ¿De qué tonterías hablas Déneve? Si hubieras salido más allá del borde seguro hubieras desaparecido, tal vez ni siquiera llegaras al borde ya que tal vez podrías encontrarte a esos bandidos que hirieron a tu padre, o mucho peor, ese monstruo suelto que se lleva a las hechiceras, hay muchos peligros allá afuera y el límite es el fin.

–Yo podría decir lo contrario –musitó Déneve.

– ¿Qué dijiste hija?

–Dije que tus miedos o los de los demás no son mis miedos.

–Pues deberían serlo, el mundo de allá afuera es abominable, nuestros hombres peligran, incluso los Centinelas, aún si pudieras cruzar no durarías allá unos días.

–En eso tendrías razón madre.

–La tengo, ya les han pasado muchas cosas a nuestros hombres, tu padre por poco y lo perdemos, olvida todo eso y mejor practica para ser mejor.

–Eso haré madre, no puedo esperar a ver que aprenderemos en la clase de la maestra Sarah.

–No mencionaron algo al respecto, espero sea interesante.

–Yo también, por cierto, practicaré mi magia con Belpher.

–Ha sí, bueno, al menos esa amistad servirá de algo.

–Ya quiero volver a verlo, es tan educado.

–No te distraigas tanto, ya habrá momentos para verlo, recuerda que debes prepararte mucho para que un día seas parte de nuestro consejo matriarcal, algo que yo no pude.

–Te negaste no porque no tuvieras la capacidad madre, lo hiciste para tener más tiempo conmigo.

–La verdad que sí, veo a tu maestra Sarah, a sus niñas y me compadezco de ellas por su falta de atención. Hanah la más grande no quiere a su padrastro Gálamoth y la pequeña Samantha vive falta de atención, apenas conoció a su padre, a pesar de eso, a su corta edad hace cosas increíbles con el control de su maná, lo he visto.

—Ella practica conmigo, tal vez la vea ahora.

—Muy bien, termina de comer y prepara todo porque hoy tendrás una clase vespertina.

—Sí, madre —respondió sonriente.

Déneve terminó de comer, preparó sus útiles y herramientas y salió de su casa para dirigirse a la plazuela del centro como lo había acordado con sus amigas, en unos momentos llegaron ellas y las tres se dirigieron hacia donde se encontraba el resto de jovencitas para entrar a clase y aprender más sobre la hechicería que se practicaba en el lugar.

Al pase de unas horas la clase terminó, cayó el anochecer, la luz de las antorchas y atalayas comenzaban brillar para dar visibilidad al lugar, en ese momento comenzó a caer una suave brisa de lluvia, las primeras de la temporada, en su camino Déneve se separó del pequeño grupo y se fue directo a casa pero notó que alguien avanzaba hacia un costado dirigiéndose al bosque, al pasar por una antorcha pudo darse cuenta que se trataba de Belpher, llevaba puesta ropa más cómoda la cual yacía empapada, en su mano derecha empuñaba su sable, era obvio que algo estaría pasando, curiosa por la situación decidió seguirlo hasta los límites de la aldea, donde la oscuridad del bosque gobernaba, en su camino, Déneve perdió de vista al soldado pero continuó hasta ver rastro de él y resolver el misterio de su repentina salida nocturna, en ese momento Déneve comenzó a sentir un ambiente tenso, incluso la oscuridad podía sentirse como una niebla pesada, algo andaba mal, repentinamente, a un costado de ella algo observaba su rostro, Déneve volteó a su izquierda pero esa masa oscura se retiró de ahí.

—Belpher, ¿Eres tú? Por favor, no hagas esas bromas, quien sea, no es gracioso.

—De pronto escuchó un desgarrador jadeo que la aterró, atónita levantó su mano derecha y usó su magia para iluminarla con un fuerte brillo que le ayudaría a ver más allá de esa oscuridad donde su curiosidad pagaría un alto costo, a unos metros veía la silueta de un ser humanoide envuelto en una túnica negra que se movía de una manera extrañamente bizarra y tétrica, tenía unos dedos largos así como un perturbador rostro femenino, una máscara de porcelana.

Déneve estaba aterrada, apenas retrocedió dos pasos cuando esa extraña criatura se lanzó sobre ella embistiéndola al suelo, su destello de luz se extinguió y ella yacía atrapada por la criatura quien sujetó sus manos, Déneve daba gritos de auxilio para que alguien pudiera escucharla pero parecía ser inútil, en ese momento algo embistió al extraño monstruo.

—Déneve, ¡Sal de aquí! —Advirtió Belpher quien la salvó, en ese momento entró en la oscuridad para ganar más ventaja.

Déneve se levantó, activó su luz mágica y salió corriendo para evitar el combate y poder tener visibilidad hacia dónde dirigirse pero aquella extraña criatura comenzó a perseguirla saltando sobre arbustos, rocas y entre las ramas de los árboles; aterrada, no pensó en detenerse, la joven hechicera continuó corriendo bajo la lluvia, ni siquiera le importó que las mojadas ramas arañaran su piel y rasgaran su vestido, o incluso, que las rocas torcieran sus tobillos, siguió corriendo como pudo sin saber a dónde se dirigía, repentinamente miró atrás y un relámpago delató que la criatura seguía persiguiéndola, Déneve creó otro hechizo de iluminación y lo expandió en un poderoso resplandor que lanzó al cielo para tener más visibilidad de sus alrededores.

—Ya no voy a correr monstruo, te enfrentaré.

—Hermosa muñeca… hermosa… muñeca… hermosa… —repetía de forma perturbadora la criatura.

—Sé quién eres… el muñequero… —respondió firme pero aterrada.

Déneve se quitó lo que quedó de su capa y capucha, frotaba sus manos y comenzaba a utilizar el maná que le quedaba para enfrentar a la criatura, entonces, la joven hechicera se preparó y antes de que el monstruo diera dos pasos ella concentró tanta energía de la cual emergieron descargas eléctricas y plasma acumulado, una vez apuntando al objetivo ella disparó su poderoso ataque dando en el blanco, el muñequero había sido fulminado, destruido en su totalidad, todo se volvió oscuridad de nuevo, Déneve estaba exhausta, flexionó sus rodillas y cayó al suelo, apenas podía levantarse, Déneve estaba por dar un suspiro de alivio cuando notó que la criatura estaba detrás de ella, intacta, su ataque había dado en el blanco, Déneve observó que poco a poco se regeneraba con energía oscura, era invencible y en ese momento comenzaba a observar a la joven.

—Hermosa muñeca… eres hermosa… —decía en repetidas ocasiones mientras jadeaba.

Déneve estaba tan agotada que ya no podía gritar, cerró sus ojos y se resignó a caer en ese lugar siendo otra coleccionable víctima de una legendaria criatura, todo se volvió oscuridad, con una apacible tranquilidad.

Déneve finalmente despertó, desconcertada por lo ocurrido dio un salto el cual alertó a alguien, su madre Beatyn estaba acompañándola, Déneve miró a su alrededor, se encontraba en casa.

—Tuve una pesadilla madre, soñé al muñequero, todo fue tan real madre...

—Hija tranquila... todo fue real, pero ya estás en casa.

—Es horrible madre... un momento... esto debe ser un sueño, tal vez me tiene en su guarida haciéndome soñar esto —comentó aterrada mientras veía sus manos.

—No hija, no es así, uno de los Centinelas te trajo hace días.

— ¿Días? ¿Hace cuánto tiempo? ¿Qué pasó?

—Tranquila, varios Centinelas llegaron a tu rescate, fue una fortuna que estaban cerca, uno de ellos te trajo aquí, el resto atacó al monstruo.

—Belpher me salvó pero corrí y me perdí en el bosque.

—Imagino que pasaste por algo aterrador, ya no debes preocuparme tanto hija, tu padre fue a comprarte algo para recuperar tus fuerzas, llegaste agotada, has estado dormida por dos días, bebe esto, te revitalizará.

Déneve le contó todo lo que vivió a su madre desde que salió de clase, de cuando siguió a Belpher y el encuentro con el muñequero.

—Por ahora no podrás salir, hasta que mejores, de hecho habrá toque de queda por la situación pues esa abominación no fue derrotada, en estos momentos las matriarcas están en asamblea, al parecer el único lugar seguro es la propia aldea, el bosque que la rodea ya no es un lugar seguro, los Centinelas se han prestado a apoyarnos en nuestra seguridad y han levantado varios campamentos fuera de la aldea con el fin de ahuyentar o destruir a la criatura.

—Ya veo...

Déneve se recostó mirando a un costado pensando en lo que le había pasado, aún yacía confundida, temerosa, ya había tenido demasiadas experiencias desagradables en lo que iba del ciclo estacional, ahora había confirmado que el único lugar seguro era su hogar.

Después de varios días de reposo y recuperación, finalmente Déneve podía salir de su casa, lo primero que se le ocurrió hacer fue buscar a Belpher, en ese momento se encontró a uno de los Centinelas amigos de él, era alto y algo pasado de peso, tez blanca y cabello oscuro, un simpático guerrero de apariencia confiable.

—Hola Centinela, has visto a ¿Belpher?

—Señorita buenos días, entonces ya se encuentra mejor.

—Sí, fue espantoso estar tanto tiempo en cama.

—Interceptor está en un campamento cercano aquí, en estos momentos debe estar descansando, me pidieron llevarle suministros así que puedo llevarte hasta allá sin problema.

—Eso sería grandioso, por cierto ¿Cuál es tu nombre?

—Mi nombre es Lireck señorita.

—Yo soy Déneve, mucho gusto Lireck y te estoy agradecida.

—Nada que agradecer, es un honor llevar a la chica de un buen hermano con él —comentó mientras Déneve lo veía sonrojada.

—Olfor ven aquí holgazán, debemos llevar el resto de los suministros a Interceptor y a los demás —demandó Lireck.

En ese momento salió de una bodega otro Centinela, era un joven alto y delgado, de raza oscura, en aquel día Déneve no pudo verlo la vez que salió corriendo del lugar al ser descubierto, ahora no dejaba de observarlo pues su presencia era algo poco peculiar en la aldea.

—Ya voy, llevo catorce piezas de pan.

—Catorce piezas, lleva más.

—Sí, seguro para ti deben ser glotón.

—Olfor, me siento sorprendido, eres tan feo como sabio, ¿Lo sabías?

Déneve los observaba estupefacta, la forma en cómo se llevaban ese par de amigos era hasta en ocasiones cruel pero se hablaban sin prejuicios, era tan divertido como a la vez delicado. En ese momento ambos amigos cargaron los suministros para aquellos en el campamento, Déneve tomó un bolso para ayudarles mientras ellos se insultaban y bromeaban.

—Señorita Déneve, vamos a ir hacia allá, los pobladores nos apoyaron en cubrir esa bodega lo suficiente para poder traspasar al otro lado donde hay una similar, le sorprenderá vivir la experiencia.

Déneve estaba impresionada, sería su primer viaje utilizado por la magia de los Centinelas; en ese momento abrieron la puerta y entraron, acomodaron todo cerca de ellos y Lireck se aceró a una pared donde había una extraña inscripción donde debajo descansaba una vela, la encendió, cerró la puerta dejando la habitación totalmente oscura y a merced de la tenue luz que apenas iluminaba la inscripción.

– ¿Es eso un sello?

–No, es solo uno de los garabatos tontos de Olfor, en realidad es una referencia, como pasaremos al interior de un lugar oscuro debemos estar seguros que es el correcto, del otro lado habrá otra inscripción, ahí será nuestro destino –explicó Lireck.

–No es tan fácil como parece.

–En realidad no lo es, pero dominarlo te da ciertas ventajas y comodidades, para que esto funcione necesitas estar en el centro, esto será emocionante –comentó Olfor.

En ese momento, sin dar aviso Déneve sintió un ambiente fresco y tranquilo.

–Ya estamos dentro ¿Puedes sentirlo? –comentó Lireck.

–Es extraño, pero puedo sentir una sensación de alivio, por alguna razón.

–Esto es el ambiente oscuro, ahora le mostraré como funciona esto, vamos a desplazarnos a distintos lugares donde hay oscuridad suficiente para poder observar, en estos momentos seguimos en la bodega, estaremos en otro lugar cuando avancemos hacia el umbral de otro, algunas zonas no se podrán cruzar por el tamaño o dimensión de la sombra o rincón oscuro, serán como ventanas –explicó Lireck quien en ese momento extendió su mano derecha y la desplazó de derecha a izquierda, como si fuese el cambio de página de un libro abierto, tal y como lo había explicado Belpher.

–Qué es lo que vemos Lireck

–Y me preguntas a mí, no lo sé.

–Al parecer estamos en el interior de un guardarropa…

–Madre, oigo ruidos en el guardarropa –se escuchó la voz de un joven que se acercaba temeroso.

–No puede vernos pero si escucharnos, es hora de cambiar de escenario –comentó Lireck mientras cambió el destino.

Déneve estaba sorprendida, impresionada por tan increíble capacidad, en ese momento llegaron a otro escenario, era parecido a la bodega con la vela pero con una inscripción distinta a la que Déneve había visto.

–Hemos llegado, avancen –sugirió Olfor.

Los tres avanzaron y de pronto el tenue sonido del exterior se hacía presente, abrieron la puerta y de esta emanó la cegadora luz del exterior, finalmente Déneve había llegado a su destino.

–Lo que nos hubiera costado horas lo hacemos en instantes, espero haya disfrutado del viaje señorita –comentó Lireck haciendo una reverencia a Déneve quien sonreía agradecida.

–Par de perezosos por qué tardaron tanto, seguramente se bebieron la reserva de vinos –dijo Belpher tratando de regañar a sus amigos cuando Lireck se hacía a un lado y dejó ver a Déneve.

–Tranquilo señor gruñón, le trajimos una sorpresa, algo mejor que cualquier vino – Agregó Olfor quien con Lireck se retiraron del lugar para dejarlos solos.

–Gracias… –respondió Belpher a sus amigos mientras ellos se marchaban.

–Hola Belpher, siento haber atrasado las reservas, ellos fueron muy amables en traerme y mostrarme lo que hacen.

–Siempre tan atentos esos dos, pero dime Déneve ¿Cómo estás? ¿Quieres platicar al respecto?

–Sí, hay cosas que se quedaron en blanco, quiero respuestas.

Déneve y Belpher se retiraron del lugar para encontrar la sombra de un árbol y conversar sobre lo ocurrido hace días.

–Esa noche, varios lo vimos merodear las afueras de la aldea, Olfor y Lireck se fueron hacia otro lado, algunos estaban ocultos en la penumbra esperando emboscarlo, respondía a los daños físicos, podíamos destruirlo pero se regeneraba con lo que había a sus alrededores, no obstante rechazó nuestros ataques, se le llamó a esposa del señor Gálamoth para hacerle frente, mientras lo buscábamos apareciste tú y se lanzó contra ti, muchos estábamos lejos, cuando lo ataqué y te lo quité de encima, usé mis habilidades para jalarlo y llevarlo lejos, a un lugar donde pudiéramos hacerle frente, pero encendiste una luz y me mandaste lejos de ahí, tuve que acercarme a pie, nadie podía transportarse debido a la intensidad de ese resplandor, pero nos lazamos en grupo, después escuchamos una poderosa explosión, ahí te encontramos, la criatura comenzaba a absorber tu energía, podíamos ver cómo esa salía de tu hermoso rostro, ahí nos lanzamos al ataque, luchamos por bastante tiempo, lo destruíamos y pronto se regeneraba y nos atacaba pero su principal objetivo eras tú, Lireck te tomó entre sus brazos y entró en la sombras para mantenerte a salvo pero esa criatura entraba sin problemas, conocía las técnicas, era imposible detenerlo, luchamos hasta que la señora Sarah y el señor Gálamoth llegaron, ella le lanzó un poder de luz, abrió un portal y lo mandó lejos de aquí, era lo único que se podía hacer, después te llevé con tus padres e hice guardia por unas horas hasta que tu madre me echó de ahí.

–Mi madre no me dijo eso.

–La comprendo, soy un extraño para ella, no la culpo.

–Gracias por todo Belpher.

–Es mi deber mantener protegida esta aldea –comentó Belpher mientras tomó la mano de Déneve.

–Todo lo que arriesgaste, gracias –Respondió al apretar fuerte su mano.

–Mientras esa criatura esté suelta todos corren peligro, debo saber más sobre ese monstruo.

–Lo llaman "el muñequero" creí que solo existía en los cuentos de las ancianas y en nuestras pesadillas.

–De aquí en adelante nos enfocaremos en mantener a salvo la aldea, la señora Sarah nos dijo que puede regresar, no debemos dejarle ventaja alguna.

–Practicaré para vencerlo esta vez.

–Ahora tenemos a un enemigo en común, trabajemos juntos para derrotarlo –comentó Belpher.

Mientras los dos se veían mutuamente sus rostros fueron interrumpidos por alguien que hizo su aparición.

–Interceptor, al fin te encuentro, necesitamos que vayan varios a la zona oeste, debemos construir una atalaya –comentó uno de los Centinelas de edad madura.

–Sí señor, me llevaré a Olfor y a Lireck.

–Bien, ve por ellos –aceptó el Centinela.

–Déneve, ¿Gustas acompañarnos?

–Encantada.

–Iré por ellos, espera aquí por favor.

Belpher salió corriendo rápidamente para continuar con el trabajo, Déneve lo esperaría para al fin comenzar con su entrenamiento, mientras trataba de recordar lo que hizo allá, fue sorprendida por alguien que apareció repentinamente.

–Déneve… este no es lugar para ti.

–Eníc, eres tú, ¿Cómo estás?

–Bien, aquí trabajando arduamente por lo ocurrido –respondió Eníc con un hacha en mano, sudoroso y sufriendo las primeras quemaduras por el astro celeste.

–Te sigo notando molesto Eníc, ¿Es por lo que estás haciendo? Simplemente no lo hagas, no me gusta verte enojado.

–Sabes muy bien que no es por eso, acabas de despertar de lo que podría ser una muerte segura y sales como si nada con ese sujeto –respondió mirándola de forma desafiante.

–Ya veo, es por Belpher, otra vez…

– ¿Por qué le hablas a ese soldado? No deberías involucrarte con él.

– ¿Por qué lo dices? ¿En qué te molesta?

–No te has dado cuenta que no es buena persona, traerá la ruina a la aldea, algunos de los aldeanos creen que ellos atrajeron al monstruo muñequero que te atacó.

– ¿Y crees en todo lo que dicen?

–Ellos no son tu gente Déneve, nosotros sí, debes estar a salvo aquí y no siendo perseguida por monstruos, ellos son guerreros, asesinos, matan gente.

–Ellos luchan por una causa.

– ¿No me escuchaste? Matan gente, eso es suficiente, sean militares o aldeanos ellos lo hacen, a eso se dedican.

–Se acabó Eníc, te consideraba mi mejor amigo pero desde que empezó el verano te has comportado como un tonto.

–Es por tu bien, además le prometí a tu padre que te cuidaría, vamos Déneve no lo hagas más difícil.

–Creo que esa es una responsabilidad que no te corresponde.

–Lo dices porque ese héroe te salvó, ¿Crees que no puedo hacer lo mismo por ti?

—Eníc por favor márchate.

– ¡No! Ya es tiempo de que obedezcas y te comportes como una señorita responsable —comentó mientras sujetó del brazo a Déneve.

—Eníc, ¿Qué haces? suéltame…

—Te llevaré a tu casa, este no es lugar para ti.

Mientras forcejeaba con la hechicera Eníc fue interrumpido.

– ¿Pasa algo señorita Déneve? —Cuestionó Lireck, en ese momento Eníc miró atrás y vio a Belpher con sus dos amigos que lo veían de forma intimidante, asustado por la situación, Eníc soltó a Déneve y temeroso comenzó a alejarse del lugar mientras que ella lo veía con decepción y desprecio.

– ¿Estás bien? —Preguntó Belpher mientras que Déneve lo abrazó fuertemente.

—Dime algo Belpher, ¿Matas gente inocente?

– ¿Por qué preguntas eso?

—Respóndeme honestamente Belpher.

—Sí… en ocasiones… —respondió ante los ojos atónitos de Déneve quien en ese momento se soltó de sus brazos.

—Entonces… así solamente… matan a los que se les pone enfrente…

—Desgraciadamente en una guerra cometes muchos pecados Déneve, muchos inocentes mueren por elegir un lado o por ser menos afortunados en el fuego cruzado, nosotros luchamos por una causa justa la cual cobra vidas entre estas las de inocentes que nada tenían que ver.

—Necesito irme a casa —comentó Déneve quien dio media vuelta y se retiró de ellos.

– Oye Interceptor, ¿Qué le habrá dicho ese sujeto?

—No lo sé Lireck, pero nada bueno para nosotros, de eso estoy seguro.

—Ese sujeto es un verdadero imbécil.

—Ya Olfor, déjenlo así muchachos, mejor sigamos trabajando, cumplamos nuestro deber —sugirió Belpher con una mirada vacía.

Ese mismo día, Déneve llegó a su casa muy seria, reflexiva sobre la situación cuando llegó su madre con algunos insumos para preparar la comida.

—Hija… aún te sientes mal.

—Sí, madre…

– ¿Quieres que te prepare un remedio para el cansancio o las náuseas?

–No, mi salud es estable, es mi estado de ánimo.

– ¿Qué ocurre hija?

–Madre, ¿Tú crees que los aldeanos estén inconformes con la presencia de los Centinelas?

–Pues no había pensado en eso, pudiera ser que si, tal vez no ¿Por qué preguntas?

– ¿Qué opinas de ellos?

–Bueno, algunos tienen familia aquí, se les comparten los suministros, nos dan protección, algunos son muy ebrios, otros muy serviciales, creo que hay un equilibrio en todo lo que representan.

–Ya veo…

–Dime que ese sujeto no te hizo algo porque mandaré por él.

–No madre, solo que me encuentro reflexiva, tuve una discusión con Eníc y me dijo muchas cosas malas sobre ellos, cosa que al final son reales.

–Bueno, Eníc trata de protegerte Déneve, de ser tan íntimos ustedes dos, de la noche a la mañana le dejaste de hablar desde que vinieron los Centinelas, tal vez no te des cuenta pero Eníc ha hecho tantas cosas por nosotros en especial para ti, es un buen muchacho y será un gran hombre eso te lo aseguro, con los Centinelas no tienes un futuro asegurado.

Ante los comentarios de su madre, Déneve yacía confundida y a su vez triste.

–Siento que no conozco a Eníc lo suficiente… –concluyó Déneve decepcionada de ese día.

Pasó la hora de comer, Déneve estaba en su habitación, no pensaba salir, durante los próximos días ella se limitaba a solo ir a sus clases y a su casa para permanecer hasta el siguiente día, sentía un desagradable dolor que rasgaba su alma, la depresión se apoderó de ella para convertirse en su lúgubre compañero, los siguientes días se repetirían así en la Aldea de las Tres Crecientes.

Déneve no dejaba de pensar en lo ocurrido hace más de quince días, la situación y las preguntas la abrumaban, harta de eso decidió salir de su casa para buscar a alguien que pudiera ayudarle a resolver todo lo que ocurría, en su trayecto llegó a una gran edificación, una cabaña diferente, más grade y adornada con simbolismo místico, allí se reunían las ancianas matriarcas. Abrió la puerta un poco temerosa ya que nunca había entrado ahí, estaba algo oscuro excepto por una luz que iluminaba tenuemente la habitación desde el techo.

– ¿Qué se te ofrece jovencita? –se escuchó la voz de una vieja anciana.

En frente de ella se encontraban siete ancianas sentadas.

–Saludos matriarcas, me dijeron que aquí se encontraba la maestra Sarah.

–Sarah… hija, te hablan –contestó otra de las ancianas.

–Por cierto ¿Cómo has estado después de tu encuentro con la criatura? –preguntó una de las Matriarcas.

–Bien, ¿Ustedes saben quién es?

–Es más antiguo que nosotras y que la primer asamblea de hechiceras, hace tiempo que no había venido a raptar a nuestras nietas e hijas, por ahora fue ahuyentado, solo espero que nosotras podamos presenciar su destrucción.

En ese momento llegó la maestra Sarah luciendo una sutil túnica color carmesí.

—Pequeña Déneve ¿Cómo has estado?

—Bien maestra.

— ¿Vienes a repasar algún tema en especial?

—No maestra, vengo por respuestas, ¿Podemos conversar?

—Claro, ven.

La maestra se despidió de las Matriarcas y detrás del lugar tomaron asiento en unas bancas al aire libre, donde las mariposas revoloteaban al lado de las hadas, ahí la maestra trajo un poco de té para comenzar la charla.

—Los Centinelas también eran llamados los Cuervos de Acero, eran la Elite de la guardia de los Terranos, un reino que se encuentra al norte, en ese lugar hay un templo de asesinos los cuales se dedican a someter y a matar a las personas que no compartan su fanatismo, pero ellos son solo una parte del mal encarnado allá afuera, pues existe un imperio de monstruos adornados con oro y joyas, sus presencias a simple vista brindan confianza pero sus intenciones son hostiles y malignas, se les conoce como el imperio de Rásagarth y de este se adornan cuatro reinos serviles más su abominable expansión territorial que poco a poco crece.

—Eso es aterrador maestra.

—Por eso nos mantenemos aislados de todo, hace mucho tiempo se pactó con los Terranos, nos dejan en paz con la intención de no compartir nuestra ancestral magia allá afuera, así ha sido, por eso vivimos como lo hacemos, ninguna de nosotras debe salir a menos siendo discretas.

— ¿Entonces si podemos salir?

—No creas que yo no sé qué lo has descubierto pequeña Déneve, sé que lo hiciste, en ese entonces sentí tu poder pero desconocía hasta donde, a los días regresaste por aquella dirección, supuse que eras tú y lo confirmé, solamente no vuelvas a hacerlo, hay muchos peligros.

—Unos sujetos pretendían hacerme daño, cualquiera que me encontraba maestra.

—Si lo dices por los bandidos, los Centinelas ya se hicieron cargo de ellos —dijo la maestra mientras dio un sorbo a su taza.

—De eso quería hablar con usted maestra, me siento confundida, necesito a alguien que me dé razón de este sentimiento.

—Puedes confiarme lo que sea hermosa Déneve.

—¿Los Centinelas son en verdad malos? ¿Despiadados?

—Ellos alguna vez eligieron ese camino por lealtad, por buscar superarse a sus posibilidades, no los culpamos por lo que hayan hecho en su pasado, tampoco los señalamos.

—Belpher, uno de ellos me confirmó que matan gente, incluso inocente.

—Ellos son soldados no aldeanos Déneve, mientras nuestros hombres trabajan y salen a vender para traer sustento, ellos se dedican a trabajos totalmente distintos, traen orden y paz sin importar a lo que esto conlleve, no los veas como los Cuervos de Acero que estaban bajo el mando de la orden templaria de su falso Redentor, sino como aquellos héroes que luchan por mantenernos a salvo, conozco a Belpher, él te protegió incluso al borde de la muerte.

—¿Borde de la muerte?

—Esa noche del ataque contra el monstruo, yo me moví lo antes posible, cuando llegué, Belpher había sido gravemente herido por los ataques del monstruo quien buscaba arrebatarte de sus brazos pero jamás te soltó, entonces le hice frente y lo único que pude hacer fue abrir un portal y mandarlo lejos de aquí, a donde sea.

—¿Qué le pasó a Belpher?

—Tuvo varios huesos rotos y una profunda lesión en la espalda baja, una de las garras de madera de la criatura traspasó su vestimenta y carne logrando hacerle un daño considerable, cuando terminó todo tú yacías inconsciente mientras que él no quería separarse de ti, yo comencé a sanarlo en presencia de todos, al final el decidió llevarte a casa, esa noche Belpher demostró lo que realmente un Centinela debe hacer, morir por la aldea si es necesario.

—Belpher... —Musitó triste...

—Los Centinelas son lo mejor que nos ha pasado, por ahora la expansión es algo que no podremos evitar, podrán pasar meses, incluso años para que encuentren la aldea pero cuando llegue ese día, entonces estaremos todos amenazados, los Centinelas pretenden llevarnos a su éxodo masivo lejos de la expansión, un lugar donde podamos vivir en paz sin los peligros que nos amenazan, pero dejar nuestro hogar es algo que se debe pensar bien, separarse de algo que ha estado ahí con nosotros es mutilar gran parte de lo que somos, el tema aún está en debate, mi esposo trae noticias del exterior pero para eso debemos quitarnos prejuicios, miedos y paradigmas, no todos querrán dejar la aldea, yo por ejemplo.

—Ya veo, entonces ellos vienen no solo a protegernos, quieren convencerlas de que nos vayamos todos.

—Así es Déneve, no se irán hasta que esa misión se haya cumplido.

—Maestra…

—Dime Déneve…

—Dígame una cosa… ¿Cree usted que con los Centinelas tendremos futuro?

—Tendremos esperanza.

—Hablo sobre prosperar —comentó Déneve, la maestra miró a la joven hechicera, sonrió y dio un sorbo a su té.

—Estás enamorada de Belpher…

—Bueno… no lo sé…

— ¿Qué sientes cuando lo ves?

—Antes no sentía nada, después me sentía amenazada por mi experiencia allá afuera, pero al conocerlo me siento protegida, feliz.

—Eso mismo siento con mi Gálamoth, yo no lo juzgo por su pasado de templario Terrano, lo amo cada que lo veo, cuando lo conocí recuperé mi felicidad, con él me siento poderosa y protegida, honro su tarea tan importante y temo porque le pase algo, sé que un día podré envejecer, cada momento que pasa lo disfruto al máximo, algunos pobladores son injustos y señalan a aquellas que nos casamos con Centinelas, ellos pueden morir en combate y nosotras por el tiempo que no perdona a casi todo ser vivo en este mundo.

—Ya veo, entonces es cierto que hay algún grupo de aldeanos que no quieran a los Centinelas.

—Siempre habrá dos lados, la polaridad es una de las leyes más poderosas que rigen el universo al cual pertenecemos, es común que su presencia les incomode porque no comprenden su tan sagrada labor de llevar la libertad a los pueblos tan ignorantes como ellos, no los culpamos, sé que soy señalada por estar casada con un inmortal pero yo estoy feliz y satisfecha por tener un hombre tan fuerte y Valiente que jamás me ha abandonado.

—Pero él se fue por años.

—No, siempre ha estado aquí, con mis hijas y con mi abuela, con sus poderes no hay distancia, puede moverse a cualquier lugar, yo tengo una habitación adaptada para esperarlo siempre.

—Increíble, no sabía eso.

—Nadie lo sabe, solo aquellas hechiceras que se han casado con un Centinela lo vive, debo decir que eres la única fuera de ese círculo que ahora conoce ese secreto.

— ¿Por qué me confía eso a mí maestra?

—Porque tú serás alguien que experimente la felicidad al estar con un héroe legendario.

—No sé si sea correspondida maestra, creo que desde hace días debe odiarme, lo juzgué, fui igual al resto de ignorantes…

—Tú eres joven y apenas comienzas a vivir, él tiene una edad considerable, debe entenderte mejor que nadie, conócelo, no permitas que nadie te arrebate esa ilusión, él jamás te abandonará eso te lo aseguro.

—Muchas gracias maestra, usted me ha ayudado mejor que nadie.

—No olvides practicar, mañana tendremos un tema de botánica —comentó la maestra mientras ella se retiraba contenta por la productiva charla.

Déneve tenía un semblante diferente, toda esa tristeza había desaparecido, lo único que anhelaba era buscar a Belpher y hablar con él, en ese momento ella se encontró con un Centinela el cual llevaba un racimo de vegetales.

—Señor Centinela, buenas tardes, ¿Ha visto a Interceptor?

—Interceptor, sí, está de guardia en aquella dirección, va a anochecer así que será mejor que vaya a su casa por seguridad.

—Gracias —respondió Déneve quien en ese momento se dirigió hasta donde el soldado le indicó.

Mientras tanto, en uno de los rincones de la aldea, en un campamento iluminado por antorchas, se encontraba un grupo de Centinelas haciendo su guardia, en una atalaya cerca de ahí se encontraban Olfor y Belpher.

—Cielos Interceptor, tengo mucho sueño.

—Aún no anochece y ya tienes sueño Olfor.

—También tengo hambre y Lireck no ha regresado.

—Creo que Lireck y tú tienen un serio problema de holgazanería.

—Interceptor mira allá —comentó Olfor señalando en dirección a la aldea.

— ¿Es el mentado muñequero?

—No, es tu novia…

Ante el comentario, Belpher enfocó la mirada y apenas la veía a lo lejos por lo que bajó a cerciorarse.

Mientras tanto, Déneve había sido detenida por dos Centinelas que custodiaban los límites de la aldea.

—Señorita, va a anochecer, por favor regrese a casa, son órdenes del consejo de ancianas y de nuestro líder Gálamoth.

—Por favor, quiero hablar con él.

—Déneve… —interrumpió Belpher, al ver la situación, los Centinelas abrieron paso.

—Interceptor, ya es tarde, no debe estar afuera.

—No te preocupes Yorca, yo la escoltaré a casa —respondió algo serio.

—Belpher… yo…

—Aquí no Déneve, no puedes estar aquí… te llevaré a casa…

Belpher y Déneve caminaban de regreso a la aldea, en su camino podían notar que ya no había aldeanos que estuvieran trabajando en los cultivos o realizando maniobras de carpintería, todo el lugar estaba desierto, antorchas iluminaban una aldea fantasma.

—Es triste ver el panorama así.

—Son las órdenes Déneve, por ahora seguirá así hasta garantizar la seguridad de que no haya algo que los amenace, yo he coordinado esta zona aún.

—Mi casa está allá Belpher.

—Bueno, estás a salvo, mañana podremos hablar, estaré de descanso.

—Belpher no, yo quiero quedarme aquí, me siento tan mal.

—No debes sentirte mal Déneve, alguien como tú no debe sentirse así.

—Sé que has de pensar que soy una tonta, lo siento Belpher.

—No pienso eso…

—Te he juzgado, cometí un grave error, debes odiarme…

—No te odio…

—Quiero que me perdones por aquella vez que te dejé a ti y a tus amigos.

—No hace falta que te disculpes Déneve.

—Si hace falta, me siento como una tonta escuchando a ignorantes, convirtiéndome en uno de ellos para juzgarte, yo no soy así, no quiero ser así, eres un héroe y no mereces que te traten como lo hice —comentó mientras sus hermosos ojos derramaron tristes lágrimas.

—Déneve, tan dulce, tan inocente, eso a mí no me lastima, pero veo que tu si sufres, ven —Belpher tomó sus manos, la acercó a él y la abrazó.

—Perdón Belpher...

—Ese dolor debe acabar…

—No creo que acabe, mi moral está aplastada por el peso de mi equivocación.

—Déneve, ¿Has estado en la sombra de un lago iluminado?

— ¿Que? ... Claro que no…

—Lo sé, ven, ¿Quieres acompañarme?

Déneve lo miró a los ojos y él limpió sus lágrimas.

—Si quiero…

En ese momento Déneve y Belpher comenzaron a descender en el suelo lentamente al entrar a una sombra, algo que Déneve ya había vivido anteriormente, ya en el interior del manto negro, Belpher extendió su mano a unos cuarentaicinco grados de altura y la extendió hacia la derecha y llegaron a un lugar cristalino, en ese momento, desde arriba podían apreciar que estaban en un lugar iluminado por hermosas hadas y otras criaturas bioluminiscentes, que no se percataban de la presencia de ellos pues estaban del otro lado del plano dimensional.

— ¿Donde estamos?

—Abajo, en la sobra de un lago en Lornha.

—Es como si estuviéramos bajo el agua pero no.

—Podría llevarte a un océano entero.

— ¿Océano?

—Es cierto, jamás has salido de tu hogar y nadie hace mención de eso, por ahora estamos mejor aquí.

—Es hermoso Belpher.

—La luz que emanan estas criaturas no son suficientes para iluminar este fondo por eso es que seguimos aquí, nos encontramos en un lago a varios días de distancia de la aldea, podemos estar en cualquier lugar.

—No dejo de impresionarme.

—Este lugar lo visito cada noche desde hace muchos años, hasta ahora sigue intacto, es lo que me ha mantenido tranquilo y apacible por tanto tiempo.

—Si este lugar dejara de existir, ¿Qué pasaría contigo? ¿Buscarías otro?

—No, lo he encontrado —respondió mirando el hermoso rostro de Déneve.

—En ti veo toda la belleza de la naturaleza, cada milagro, cada fenómeno inexplicable que nos llena de misterio y nos hace vibrar de felicidad al buscar resolverlo, ver vida, ver inocencia, cada elemento que nos recuerda nuestro propósito de luchar, ahí te veo a ti Déneve, representas todo lo hermoso que debo proteger.

Belpher se acercó poco a poco mientras dedicaba tan hermosas palabras a Déneve, en ese momento, ella cerró sus ojos para así sentir una explosión de múltiples sensaciones que la invadió por completo al sentir el roce de sus labios con los de aquel valiente guerrero, Déneve abrazó fuertemente a su héroe y lo besó con tal intensidad que nada en el exterior importaba.

—Te amo Déneve…

—Y yo a ti Belpher —contestó la hermosa hechicera al continuar besando a su nuevo protector.

Finalmente la noche estaba en su máximo apogeo, Déneve salió del guardarropa de su casa gracias a la ayuda de su amado, al parecer su madre estaba preocupada.

—Mañana te veo Déneve.

—Sí… —se despidió con un beso.

En ese momento salió de su habitación para sorprender a su madre y así evitar un regaño.

— ¿Dónde estabas?

—En mi alcoba acostada.

—No me percaté que estuvieras ahí, incluso Eníc vino a visitarte y le dije que no estabas.

—Que bueno que le dijiste eso madre, no estaba de humor para hablar con él.

— ¿Cómo te sientes? —Le preguntó algo preocupada.

—Mejor madre, gracias, ya iré a dormir, mañana tengo clase con la maestra Sarah.

—Descansa hija…

Así terminó otro día, la joven Déneve se acostó muy feliz, satisfecha por ahora, su elección la haría vivir una nueva etapa que le daría nuevas alegrías y satisfacciones, su vida daría un giro inesperado para muchos, en especial para sus seres más cercanos pues al fin había encontrado el amor en la Aldea de las Tres Crecientes.

X

NOCHE DE OTOÑO

Los días transcurrieron, la aldea comenzó a levantar las cosechas más abundantes, era tiempo de almacenar todo y aprovechar la última estación pues los próximos meses se esperaría la estación más fría, el invierno, después de haber pasado tiempo, los puestos de vigilancia fueron abandonados poco a poco, la tranquilidad comenzaba a invadir la aldea, con la presencia de los Centinelas nada malo podía pasar. Una mañana, Déneve, Belpher y sus amigos Lireck y Olfor se fueron como era costumbre a una de las zonas más alejadas de la aldea, cerca de los límites permitidos, la intención era entrenar para hacer más poderosa a la joven fémina, ella se encontraba meditando, con sus ojos cerrados a la sombra de un árbol al igual que sus amigos mientras que Belpher instruía la clase.

—En estos momentos respiren profundo, sientan como fluye el maná en todo su alrededor, sientan como los recarga y los fortalece, llenen de energía todo su ser.

Así pasaron unas horas, después de la sesión era momento de practicar.

—La noche que esa criatura atacó, lanzaste un poderoso relámpago, jamás había visto algo igual —comentó Belpher.

—Lo llaman "rayo de plasma" —es un hechizo de ataque donde concentras un fulgor de energía y lo disparas como un proyectil, el daño es considerablemente poderoso, pero para ser sincera mi ataque no frenó al monstruo.

71

—Ni siquiera la señora Sarah lo destruyó con todo lo que le lanzó, esa cosa no podía matarse, pero después nos enfocaremos en buscar una solución contra eso, por ahora entrenaremos para poder fortalecerte, lanzar proyectiles de esos sin que termines agotada, poder sanar a alguien teniendo el maná suficiente, durante todo este tiempo has crecido mucho pequeña Déneve, pero no es suficiente, necesitamos mejora constante —comentó Belpher.

—Me agrada la idea Belpher.

Así continuaron su entrenamiento, Olfor construía unas siluetas de madera simulando a personas, mientras que Lireck lo observaba comiendo un enorme trozo de carne envuelto con pan.

—Sería más fácil si me ayudaras glotón —comentó Olfor molesto.

—Por qué no le dices eso a ellos dos, no paran de besarse allá —respondió mientras atestiguaba ese empalagoso momento entre la pareja de enamorados a unos metros de distancia.

Finalmente terminado el sitio de entrenamiento Déneve estaba preparada.

—Muy bien pequeña, empezarás de izquierda a derecha, yo te diré el elemento, tú lo activarás y lanzarás tu ataque.

—Estoy preparada —comentó Déneve con sus manos extendidas.

— ¡Fuego!

Déneve comenzó a girar sus manos con tal sutilidad que de estas emanó incandescentes llamas las cuales concentró y lanzó con tremenda potencia.

— ¡Rayo!

Déneve levantó su mano izquierda apuntando al cielo, en ese momento un choque eléctrico hizo contacto al caer con ella, al tener toda esa energía apuntó a una de las siluetas con su mano derecha y dirigiendo el rayo lo lanzó su objetivo.

—Ahora, ¡Rayo de plasma! —Ordenó Belpher.

De la misma forma que el rayo, Déneve lo recibió pero esta vez en sus manos comenzó a comprimir y concentrar semejante poder en una burbuja luminiscente a la luz del día, Déneve apuntó y disparó semejante poder a su objetivo, la explosión cegó por unos momentos a todos, la silueta había desaparecido, el rayo de plasma había impactado en una loma delante de ese lugar la cual había sido casi partida a la mitad.

—Increíble —comentó estupefacto Lireck mientras masticaba su comida.

—En estos momentos lanzaste tres poderosos ataques, estás sintiendo el agotamiento al no tener más de tu energía maná, es hora de practicar lo que aprendiste pequeña.

Déneve estaba a punto de caer vencida por el cansancio cuando escuchó la instrucción de su amado, en ese momento cerró sus ojos y pudo sentir la energía cósmica que a su alrededor, comenzó a manipular su aura para absorberla y así recargarse, en unos segundos Déneve estaba tan lúcida como antes de comenzar.

—Listo… —comentó Déneve al voltear a verlos y sonreírles.

—Excelente pequeña— felicitó Belpher, ella corrió a abrazarlo y darle un beso mientras los dos amigos aplaudían por el espectáculo.

—Ahora eres invencible, tu maná es inagotable mientras sigas recargando, mantén tu concentración para no perder tu maná y tendrás un torrente infinito de poder que nada te igualará.

—Imagina diez de esas bolas de plasma —comentó Lireck con la boca llena.

—Rayo de plasma —corrigió Olfor aun impresionado.

—Lo que sea, imagina diez, no, cien de esos rayos.

—Tienes razón Lireck, eso sería increíble.

—Ahora pequeña ninfa de los bosques, conoces el método que hará que protejas esta aldea tú sola.

—Todo gracias a mi maestro.

—Son tus ganas de esforzarte siempre, primero perfeccionarás esto, después más técnicas, esto es solo el principio de una preparación, llegarás a ser grande hermosa Déneve —motivó Belpher quien en ese momento le dio un tierno beso en sus labios.

—Oigan, creo que ya es hora de comer.

— ¡Es enserio lo que estás diciendo Lireck!

—Tranquilo gruñón lo digo por ella, es hora de ir a casa a merendar con sus padres —respondió a Olfor.

—Es cierto, ya es hora de que vayas a casa.

—Hoy por la noche habrá una festividad, se conmemora la fundación del consejo matriarcal por la familia Windstorm, todos debemos estar ahí.

—Y ahí estaremos Déneve —comentó Lireck.

—Tratándose de comida claro que irá —Respondió Olfor.

—Perfecto, entonces es un hecho, los veré ahí, bueno, es hora de irme Belpher.

—Yo me encargo preciosa Déneve.

En ese momento Belpher y Déneve avanzaron hacia los árboles más oscuros, se dieron un beso y desaparecieron al entrar en la sombra de estos; allá en la aldea, en la casa de Déneve, ella salió de su guardarropa donde se despidió de su amado para reunirse con Beatyn.

—Hija, me sorprendiste, en unos momentos llegará tu padre, fue a recoger unos insumos, ¿Cómo te fue con Belpher?

—Bien madre, estuve entrenando aún más. Deberías ver lo que soy capaz de hacer.

—Viniendo de Centinelas imagino que demasiado.

En ese momento llegó Kortéc con algunos trozos de pan y legumbres, así comenzó la merienda, concluyendo esa charla, ya que su madre sabía sobre la relación con el Centinela, la noticia no le agradó al principio pero sabía que lo único que importaba era la felicidad de su hija, quien aún estaba por saberlo sería Kortéc pues él ignoraba aún la relación, en algún momento debía saberlo pero tenía que ser el oportuno para evitar una difícil situación, por ahora era un secreto guardado que solo los más leales a Déneve sabían.

Después de la merienda, Déneve preparaba sus útiles y herramientas para su clase de mañana con la maestra Sarah, al terminar salió de su casa para esperar a que el atardecer llegara a su punto exacto para iniciar la festividad y con esta el banquete donde volvería a ver a su amado Belpher.

Finalmente llegó el momento, una vez más la aldea demostraba su abundancia levantando un delicioso banquete a la luz de una gran fogata, todos comenzaban a llegar con una aportación para hacer de esa festividad una de las mejores del año, tal debía ser pues las matriarcas serían invitadas especiales y con ellas la maestra Sarah y sus hijas, legítimas descendientes de la familia más poderosa del límite.

– ¡Por los Windstorm! – ¡Por la abundancia de las Tres Crecientes! – ¡Por Vanya, la deidad de los bosques y madre de nosotros! – ¡Por los Centinelas y por todos nosotros! – Se escuchaban los aclamos al brindar y agradecer en ese aniversario, las horas pasaban y el anochecer comenzaba a llegar en su punto más oscuro, momento idóneo para escuchar la historia de una de las matriarcas; en la gran fogata, se encontraban Déneve y Belpher discretamente tomados de la mano, acompañados de Lireck y Olfor, escuchando la gran historia.

–Lejos, muy lejos… más allá de los límites que los ojos más gallardos hayan visto, existe una tierra lejos de todos los peligros, de toda maldad, muchos dicen que es el paraíso de este mundo terrenal, pero para llegar a este se deben pasar por un mundo de caos y sufrimiento, un lugar donde existen monstruos que gobiernan a hombres y a mujeres, los humillan, esclavizan, ese lugar no respeta las leyes de otros, las reglas son dictadas por ellos, para poder sobrevivir debes ser fuerte, virtuoso, de lo contrario podrás ser corrompido y formar parte de ese lugar con un alma vacía; no basta con estar ahí para experimentar esos horrores, el camino se empieza desde un pensamiento, por las pasiones malsanas, ambiciones pecaminosas, avaricia, rencores, todo eso te marca para siempre pero para borrarlo en ti basta con empezar de nuevo, solo existe una marca imborrable que no te permitirá descansar si alguna vez muestras arrepentimiento, algo que destruirá tu confianza y la de los demás, la traición, este es el pecado más vil y bajo al que puede decaer un hombre o una mujer, pueden ser o representar todo aquello que despreciemos pero jamás sean un traidor, la historia que se repite y repite allá afuera se trata de eso, traición y odio, no todo ha sido así, esta aldea se fundó entre la confianza y lealtad de los hijos de dos mundos diferentes, una deidad y un hombre, así nació la historia de este hermoso lugar y de su gente, así seguirá y perdurará mientras nos mantengamos firmes y seamos fieles a nosotros mismos y a los demás, pero sobre todo, a quienes más amamos y amaremos –contó la anciana mientras Déneve y Belpher apretaban sus manos.

Déneve miraba a la maestra Sarah y a su esposo Gálamoth disfrutando de la historia, podía notar que aquella pareja se abrazaba con tal ternura que la inspiró, en ellos veía su futuro con Belpher siendo felices sin importar el destino de cada quien, solo estaban ellos y su familia.

Después de la historia, Déneve y Belpher fueron a sentarse en la plazuela a degustar un postre mientras que algunos aldeanos repartían dulces y comida a los niños, en ese momento Lireck hace su aparición solicitando un manjar.

–Ese hombre siempre se la pasa comiendo –comentó Belpher a Déneve mientras ella sonreía.

– ¿Cuánto tiempo tienen siendo amigos Belpher?

–Hermanos, eso es lo que somos, la orden fue fundada poco más de nueve siglos, tal vez más, yo fui iniciado hace tres siglos más o menos, ellos poco después, el último en ser iniciado fue el señor Gálamoth, desde ahí ya no hubo otra iniciación, la familia estaba completa luego de la gran separación cuando desertamos de la orden Terrana, nosotros somos los únicos que quedamos.

–Entiendo, tienes trescientos años viviendo con ellos.

–Son los mejores, jamás te aburres, siempre estás de buen humor –respondió Belpher reflexivo.

–Entonces, eres trescientos años mayor que yo Belpher.

–Sí, así es pequeña.

–Todo este tiempo tuviste… ya sabes…

– ¿Te refieres a una pareja o intimidad con alguien?

–Sí… –respondió curiosa y a la vez insegura.

–Alguna vez conocí a alguien, pero fue hace mucho tiempo.

– ¿Cómo pasó?

–No puedo contarte eso pequeña, eso no es cómodo.

–Vamos Belpher, tal vez es algo que debas sacar para olvidar lastres del pasado.

–Supongo que tienes razón, bueno, la orden de los Cuervos de Acero a la que orgullosamente pertenezco guarda los códigos morales del sacerdocio Terrano, leyes de una orden manipulada a voluntad de los amos, pero fiel a los ideales votos de castidad y filantropía, durante mi formación militar como templario conocí a una compañera perteneciente a la legión de Paladines, los soldados más poderosos de los reinos del Norte, ella no era muy hermosa pero era muy valiente, la conocí en una misión, con el tiempo nos enamoramos y los códigos sacerdotales del Cuervo de Acero fueron desobedecidos una noche de intimidad con ella, fuimos pareja por mucho tiempo, hasta el día de la deserción, años más tarde me arriesgué a buscarla y descubrí que había muerto en una misión, luchando por la expansión de los Rásagardianos.

–Lo siento, no creí que hubiera pasado eso, me olvido que eres un soldado que ha pasado por tanto, soy tan imprudente, lo siento.

–No te preocupes pequeña, me ayudas a cerrar ciclos, hace mucho que no lo recordaba, olvidaba que era lo que me atormentaba, desde ahí ya no conocí a nadie más hasta ahora que te tengo a ti —Respondió reflexivo, sonriente.

— ¿Cómo se llamaba?

—Su nombre era Lornha, igual que las tierras del noreste.

—Bueno Belpher, nunca has estado solo y ahora me tienes a mí.

—Lo sé hermosa, jamás me había sentido más feliz, tantos años en el combate te endureces, sin propósito seguramente te vuelves loco, pero ahora contigo en mi vida puedo darle a esto un propósito que siempre seguiré y mantendré.

Las palabras de Belpher enamoraban a Déneve, ella yacía ansiosa por besar sus labios.

—Eres lo mejor que me ha pasado Belpher.

—Vamos a otro lugar, quiero estar a solas contigo.

En ese momento, los dos se pusieron de pie y se retiraron del lugar, mientras caminaban no se dieron cuenta que estaban siendo observados por Layra y Alyn acompañadas por Eníc.

—Desde aquella noche no hablo con Déneve, ni en las clases con la maestra Sarah, desde que amistó con el Centinela.

—Bueno… es guapo Alyn.

—Ya silencio las dos, ese sujeto no es nada de lo que dicen, ellos seguramente son asesinos, matan gente, son una amenaza para quien los enfurezca.

—Yo creo que estás celoso Eníc —comentó Layra.

—Celoso de ese imbécil, yo valgo más aquí que él y que sus habilidades o sus experiencias de combate, yo traigo sustento a la aldea, mi función es más importante que solo tener armas y luchar.

—Bueno, Eníc, ¿Por qué odias tanto al Centinela? Si en verdad es por lo que dices no hay un motivo.

—Layra, es obvio, a Eníc le gusta Déneve…

—Bueno, si tanto te gusta por qué no le dijiste nada cuando tenías la oportunidad, el mejor momento es hablar con ella.

—Bueno, ella se enojó conmigo hace días, fue por mi culpa.

—Eres el único hombre en el que Déneve confía, el resto solo son bobos para ella y te das el lujo de hacerla enojar.

—Ya lo sé Alyn, no ayudas mucho con decírmelo, la verdad que odio a ese tipo, apenas lo conoce y me hizo a un lado.

—El único responsable eres tú Eníc, si ellos en realidad se gustan estás perdido, pero si el Centinela no le declara su amor entonces aún tienes una oportunidad, con las posibilidades más bajas claro.

—Podría ser Alyn, lo haré entonces, voy a seguirlos.

En ese momento Eníc salió de ahí corriendo, bañado en celos, el joven siguió a la pareja hasta un angosto callejón sin salida, lugar ideal para observarlos pero al dar la vuelta notó que no había nadie, solo una oscura pared de roca sólida; desconcertado, Eníc dio media vuelta y se retiró sin saber que desde el otro lado de esa oscuridad lo observaban.

—Es insistente tu amigo…

—Está celoso de ti Belpher.

—Un día tendrá que saberlo pequeña Déneve.

—Eso hasta que mi padre lo sepa, por ahora es el único que me interesa que debe saberlo.

—Creo que yo deberé hablar con él Déneve.

—Lo sé, pero tengo miedo que te rechace, de hacerlo jamás podremos estar juntos.

—Tal vez en la ley de la aldea, pero afuera podría ser otra historia.

—No sé si estuviera preparada para dejarlos.

—No tiene que ser así, haremos lo correcto, pero en algún momento debemos decidir Déneve.

— ¿La expansión del imperio maligno es tan malo Belpher?

—Más de lo que imaginamos, el imperio Rásagardiano envía soldados a los pueblos a decretar su expansión para reubicarlos en una ciudad con el sueño de prosperar, pero no hay futuro para ellos, les esperan tantas calamidades en un ciudad amurallada donde se convertirán en esclavos para enriquecer a los imperiales y a los reinos genocidas serviles de ellos, de no aceptar la "petición" de irse voluntariamente a donde les digan, entonces en los próximos días llegarán los inquisidores imperiales junto con soldados de la orden asesina, su presencia marcará el fin de todo para aquellos que se opongan, serán exterminados y ese pueblo será reducido a escombros, se fundará otra ciudad

Rásagardiana o algún puesto militar, cualquier cosa que haga demostrar la supremacía territorial del imperio, tarde que temprano estarán aquí Déneve, podrían pasar meses, tal vez años, pero creemos que llegará el momento en que nadie esté seguro, ni los serviles Terranos podrán con su influencia y poder para defender el pacto de esos voraces monstruos.

—Odio más al imperio con cada historia tuya que escucho.

—Ese odio no es más que indignación por sus atroces actos pequeña, son insaciables, quieren conquistar todo y vivir a costa del saqueo y la esclavitud para enriquecerse, no parece detenerse, en algún futuro dominarán todo, y si la gente no se rebela ni se organiza serán solo simples esclavos, abono para sus campos mientras que ellos disfrutarán de sus cosechas con la sangre y sudor de los derrotados.

—Ese futuro tuyo me aterra.

—Conmigo aquí, no tendrás que temer pequeña, algo se nos ocurrirá, para cuando llegue ese momento estaremos preparados, Belpher abrazó muy fuerte a la hermosa Déneve y besó sus labios.

Esa noche, Déneve no sentía miedo alguno, pues estaba entre los seguros brazos de su amado, por ahora tenían tiempo para disfrutar ese hermoso sueño que juntos vivían en ese mágico momento; después de unas horas Déneve llegó a su casa, entró por la puerta principal, saludó a su madre y padre quienes disfrutaban de una charla, entró a su habitación, se encerró, abrió las puertas del guardarropa y entró en éste, ahí estaría Belpher listo para llevarla a su romántico santuario, aquella laguna luminiscente nuevamente sería testigo de su amor, lejos de la Aldea de las Tres Crecientes.

XI

LA ASAMBLEA DE LOS CENTINELAS

Días después de la celebración de la fundación de la aldea, en una fresca mañana, los Centinelas se reunieron en una explanada alejada de la aldea, tomaron sus armas y se dedicaron a entrenar a gran escala, Déneve fue a Visitar a Belpher llevando un canasto con comida y algo de beber.

Al verla detuvo su entrenamiento y se dirigió para abrazarla fuertemente a los ojos de todos.

–Buenos días hermosa ninfa de los bosques.

–Buenos días valiente soldado, traje algo para que desayunes.

En ese momento buscaron la sombra de un árbol, extendieron un mantel, sacaron y organizaron los productos del canasto y comenzaron a degustar lo que Déneve le había traído.

– ¿Como van tus clases con la esposa del señor Gálamoth?

–De maravilla, le mostré lo que puedo hacer ahora, obvio sabe que tú me lo enseñaste, de hecho me sugirió los entrenamientos contigo, Lireck y Olfor.

–Me parece una buena sugerencia.

En ese momento llegó Lireck con ellos.

–Hola Déneve, ¿Cómo estás? ¿Ya se acabaron lo que trajeron?

–Hola Lireck, aquí traje una ración para ti –le respondió sonriente.

–Muchas gracias por ese presente señorita, no los molestaré más.

–Lireck la tomó y se retiró del lugar para ir con Olfor a compartir lo que Déneve le obsequió.

–Ahora te extorsiona con comida.

–Ayer mientras entrenaban no le traje nada, pero hoy fue la excepción, de aquí en adelante traeré algo para los tres.

–Gracias pequeña, ellos también te agradecen ese gesto, después de este entrenamiento nos enfocaremos en el tuyo.

–Sí, Belpher, estoy preparada para aprender más.

– ¿Has estado practicando?

–Tengo demasiado tiempo libre, incluso en mi alcoba he meditado y dejado volar mi imaginación, mira esto.

En ese momento, sin mover sus manos Déneve comenzó a enfocar la mirada, a un metro de distancia se materializó una esfera de energía cuyo brillo podía encandilar a Belpher.

–Esto es una esfera de plasma, ya está lista para ser disparada, puedo materializar al menos diez de estas de todos los tamaños –déneve extendió su mano, tomó la esfera y la apagó al empuñarla.

–Increíble.

–No quería decírtelo, quería mostrártelo cuando dominara mantener uno así.

– ¿Qué hay sobre la recuperación de maná?

–Totalmente fortalecida, ya no me agoto y puedo darme el gusto de excederme con el poder sin perder el control.

–Perfecto, vamos a comenzar ahora a entrenar contigo, también te enseñaremos el arte del combate.

–Eso se ve agresivo, pero me agrada.

– ¿Qué hay de tu habilidad para sanar?

–Creo que no la he desarrollado, de hecho creo que me he enfocado más a los elementos y al plasma que a las artes de sanación.

–Ya veo, suele pasar, tal vez tu fuerte son los hechizos de ataque.

–Creo que tus historias del exterior me están motivando a aprender este tipo de habilidades, algún día serán útiles para defender la aldea, o a mi misma de alguna amenaza.

–Es bueno estar prevenido Déneve, nosotros siempre lo estamos.

Después del desayuno Belpher continuó su entrenamiento, desde la sombra del árbol ella observaba sus habilidades de combate, era increíble ver su maestría para luchar.

Poco a poco todos sus compañeros comenzaron a retirarse para descansar, al terminar la rutina Belpher regresó con su amada Déneve.

–Al fin, hemos terminado, necesito refrescarme un poco.

–Vamos allá –le respondió Déneve.

Ambos recogieron sus cosas y caminaron hacia el bosque para adentrarse a este, después de unos minutos de trayecto llegaron a un riachuelo, Belpher desabrochó sus botas y se quitó su casaca dejando ver su marcado y bien definido abdomen, Déneve lo vio con un dulce deseo mientras que él sonreía para así lanzarse al agua a nadar un poco, en ese momento mientras lo veía desplazarse por debajo del agua, Déneve se puso de pie, se concentró y comenzó a levitar, suspiró y en ese momento avanzó hacia el centro del riachuelo, se concentró y comenzó a controlar el agua que circulaba, Belpher observaba que el elemento se levantaba en forma de una serpiente que se acercaba a ella a una cierta altura, al hacerlo, la Hermosa hechicera se detuvo, abrió los ojos y comenzó a mover las manos sutilmente, el agua obedecía a Déneve y danzaba junto con ella. Belpher solo la miraba apreciando sus movimientos.

En ese momento Déneve comenzó a descender y a acercarse a Belpher poco a poco, él nadó hasta la orilla y se sentó en una roca donde ella llegó para apreciar juntos su obra majestuosa.

–Pareciera que tiene vida propia.

–Estuve practicando con agua en mi casa, es un obsequio que quería darte, lastima que no puedas llevártelo.

–Con solo apreciarlo basta, es un gran obsequio señorita.

Belpher recostó a Déneve sobre la roca y comenzó a besarla para así dejar de lado el día de entrenamiento y pasar más tiempo sintiendo sus suaves labios y el cariño de su amada.

Después de un buen rato, Belpher y Déneve llegaron a la aldea donde un Centinela se acercó a ellos.

—Interceptor que bueno verte, estaba buscándote, el señor Galamoth convocará a una asamblea.

— ¿Sabes cuál es el tema? —Preguntó mientras el Centinela veía con precaución a Déneve debido a la discreción.

—No se si sea buen momento para que su novia escuche…

—No te preocupes por ella, poco a poco convive con nosotros y conoce la verdad.

—Está bien, Galamoth recibió un comunicado del Pendón de la Reclamación, nos sugiere que debamos convencer a los aldeanos de salir de aquí, la inquisición está haciendo reconocimiento sobre territorios aldeanos a las fronteras más allá del límite, en unas semanas puede ser probable que lleguen a las aldeas cercanas y transiten por estos bosques con el riesgo de que descubran la aldea y con esta a nosotros.

—Ya veo… —respondió mientras Déneve se veía con preocupación.

Las cosas comenzaban a cambiar en la aldea, pasaron las horas y llegó el atardecer, Olfor se encontró a Belpher y a Déneve para así guiarlos al lugar de la asamblea y acudir a la reunión.

Llegaron a la explanada donde entrenaban, eran al menos doscientos Centinelas, todos en formación, al hacer su aparición, fueron recibidos por Lireck.

—Interceptor, amigo, Olfor… ¿Déneve?

—No te preocupes por ella Lireck, ella está consciente de lo sucedido, lo mejor será que esté informada.

—Está bien, es la más joven, aquí llegaron algunas señoras y sus esposos con la maestra Sarah, vengan por acá —los guió Lireck, luego de acomodarse hizo su aparición Gálamoth, mientras avanzaba Déneve veía como todos le rendían un saludo militar en muestra de respeto, al llegar al centro de la asamblea, Galamoth miró a su alrededor y a los ojos de su amada Sarah.

—Valientes soldados, queridos aldeanos, esta reunión es discreta, solo aquellos que conocen parte de la situación están aquí, hoy en el punto del mediodía partí a Lornha donde recibí un mensaje por parte de nuestro líder supremo, el Libertador, su éxodo es un éxito, están fuera de peligro, en todo este tiempo varios poblados fueron reubicados a levantar un nuevo inicio, ahora están lejos de aquí pero esas buenas noticias tienen una advertencia, el imperio maligno Rásagardiano ha clavado su garra en este punto de la planicie, en unas semanas llegará el invierno por lo que suspenderán sus actividades hasta tener las condiciones adecuadas de iniciar su maldita labor de conquista, tenemos tiempo suficiente para integrarnos a las caravanas de la libertad, lejos de su tiranía.

Todos los Centinelas guardaban silencio mientras que algunos pobladores murmuraban preocupados por las palabras de Gálamoth, en ese momento un aldeano levantó su mano, Gálamoth hizo una seña, invitándolo a opinar.

–Señor Gálamoth, yo apoyo su movimiento pero ¿Está hablando de abandonar nuestros hogares? ¿Tan grave es esto?

–Sé que no es fácil de escuchar esto, desgraciadamente eso se debe hacer, la situación es grave, lo hemos visto pasar, en algunas ocasiones hemos sido exitosos, en otras no, al no poder convencer a mayorías ha llevado a muchos a su destrucción, no hay futuro cuando caes en las garras de la inquisición Rásagardiana.

– ¿Qué debemos hacer? –Preguntó una hechicera de edad madura.

–Por lo pronto convocar a una reunión y convencer al resto, realizar campañas de consciencia, lo que sea necesario para llevarnos a todos o a la mayoría.

–No todos quieren irse de aquí señor, ¿Qué debemos hacer? ¿Qué pasará? –Preguntó otro aldeano.

–Los comprendo, entiendo su miedo, su apego, sus reglas, este es un lugar hermoso, los ha visto nacer, crecer y prosperar, temen por su identidad, usos y costumbres, desgraciadamente, ahora está en la mira del brazo destructor Rásagardiano, pelear aquí para defender todo esto no servirá contra todo un imperio y sus innumerables serviles asesinos, nosotros hemos prometido garantizar su seguridad pero lo más inteligente que podemos hacer todos es retirarse, hasta no reunir un ejército lo suficientemente poderoso para enfrentar al imperio, no podremos hacer mucho, los que quieran quedarse les esperan los peores tormentos y no podremos hacer nada por ellos.

–La aldea está lejos de todo, no hay nada más que bosque, tal vez terminen no sabiendo de nosotros –comentó una hechicera.

–Ya no está garantizada la seguridad de la aldea, los inquisidores irán a Terra y pedirán cartas territoriales, mapas y ubicaciones, usarán guías Terranos y Guardianes, llegar hasta aquí no será difícil y será cuestión del tiempo cuando reanuden sus actividades una vez terminando el invierno.

–Señor Gálamoth, alguna vez yo supe que los Windstorm hicieron un pacto con los reinos para dejarnos en paz, las matriarcas les dieron hechizos de alta magia y alquimia a cambio –comentó una hechicera que se encontraba junto a Déneve y a Belpher.

–Es cierto, desgraciadamente la ambiciosa y voraz bestia Rásagardiana es insaciable, el pacto Atiano con los Windstorm no les importará, Terra cooperará con ellos y entregará a esta aldea como Aeros ya lo hizo con otros pueblos.

–Debemos ir y hablar con ellos, tal vez nos escuchen.

–Lo harán, pero después lograrán convencerte diciéndote lo que quieres escuchar, llegarán, les darás a bienvenida y te convencerán de salir de aquí pues tu aldea será convertida en un puesto de avanzada o una mina, lo que sea que encuentren aquí para saquear, usted y su familia junto con sus amigos serán reubicados con la promesa de prosperar bajo el cuidado y la protección del imperio, una vez que ustedes entren a las murallas de la Ciudad de la Abundancia, ya no podremos salvarlos, son impenetrables, no hay salida.

Las crudas palabras de Gálamoth preocuparon a la aterrada Déneve al igual que a sus semejantes, parecía que no habría futuro solo con estar con los brazos cruzados.

–Esto será inevitable, pero puede prevenirse, esto es lo que haremos: terminando esta reunión cada quien vaya a sus hogares, platiquen con sus familiares y háganles saber la situación, las matriarcas ya lo saben y ellas deberán ayudar en convencer, los aldeanos que viajan en caravanas mercantes deben estar atentos a toda situación, ustedes serán punto clave para detectar en sus viajes la presencia de la inquisición Rásagardiana, cada caravana será escoltada por algunos de nosotros quienes nos mezclaremos con ustedes para evitar sospechas y garantizar protección en sus viajes, aún disponemos de mucho tiempo, el invierno frenará sus actividades al igual que las suyas, durante ese tiempo podremos seguir organizando todo, si la situación está a nuestro favor podremos seguir aquí para celebrar el solsticio de verano, después podremos marcharnos.

–El plan está bien y yo lo apoyo señor Gálamoth, pero cuando marchemos de aquí, ¿Qué garantizará que lleguemos todos a salvo a nuestro nuevo hogar? –Ante el comentario, Gálamoth vio los ojos de sus soldados quienes sonreían con él.

—Eso déjenlo a nosotros, le aseguro que estará en su nuevo hogar en un instante, por ahora todos ustedes tienen una tarea, cualquier cosa que necesiten háganmela saber y veré en qué ayudarles, por lo pronto debemos preparar los recursos necesarios, para cuando lleguemos todos podamos construir juntos su nuevo hogar.

Las palabras de Gálamoth llenaron de esperanza a cada aldeano, al terminar la reunión todos rompieron filas, Déneve estaba en brazos de su amado Belpher mientras que sus dos amigos Olfor y Lireck los acompañaban.

—Finalmente llegó el día que mencionabas Belpher.

—Lo sé pequeña, ahora no dejo de pensar en eso.

—Interceptor por ordenes del Capitán Efést debemos mantenernos juntos para cualquier mensaje, para nosotros la situación no será crítica.

—Lo sé —respondió Belpher mientras Lireck se desvaneció entre la sombras.

— ¿A qué se refiere Lireck, Belpher?

—Si llega el día en que pase todo esto, nosotros simplemente desapareceremos con aquellos que decidan seguirnos, el resto se quedará y no podremos mirar atrás por ellos.

—Eso es cruel, y si no quiero irme Belpher ¿Me dejarías?

—Debo convencerte ante todo, no quiero dejarte pequeña, pero no podremos luchar y luego marcharnos, los que se queden serán blanco de exterminio.

—Ningún camino es mejor que otro Belpher, abandonar lo que amas no debe ser una prueba.

—Sí lo es pequeña, no hay alternativa, debemos irnos.

—Yo quiero pelear por mi pueblo Belpher.

En ese momento, Belpher traspasó una sombra con ella para así llegar a un oscuro rincón en el exterior de su casa.

—Por favor pequeña, piensa bien eso, has tu tarea de convencer a tus padres y vecinos, aún hay tiempo.

Con un beso en sus labios Belpher se despidió de su amada Déneve quien sentía un vacío por lo ocurrido en la asamblea que dirigió el señor Gálamoth, su preocupación la llevaría a reflexionar sobre qué era lo más importante, la situación era inevitable, por ahora debía descansar y pensar mejor mañana sobre la situación de la Aldea de las Tres Crecientes.

XII

EL FRÍO INVIERNO

Después de que los árboles dejaron caer sus marchitas hojas, la nieve comenzó a cubrir los helados bosques, una mañana, la caravana mercante estaba por salir al último viaje de la estación, las mujeres despedían a sus hijos y esposos para así comenzar su difícil tarea de traer sustento a casa, en este crucial punto las cosechas no eran productivas por lo que debían valerse de las semillas y de otros insumos que compraban allá afuera para cambiarlo por alimento.

Déneve despidió a su padre y dio media vuelta para unirse con Belpher y Beatyn, quienes lo observaban marchar, entre esta caravan, Eníc veía con desprecio a la pareja pues al parecer ya se sabía de su relación.

Después del acontecimiento todos se retiraron a sus casas, Belpher, Lireck y Olfor llevaban leña a la cabaña de Déneve vistiendo abrigos y capas de gruesos pelajes de animal, ahora Beatyn valoraba cada esfuerzo de esos Centinelas, más de Belpher pues él quería lo mejor para ellos y para Déneve, esa misma mañana, la hermosa hechicera estaba sentada afuera de su casa mientras veía a Belpher entrenar junto con sus amigos.

—Vamos Interceptor, admite que eso debió matarte.

—La verdad fue un buen movimiento Olfor pero no mataría a nadie.

—Esta vez lo haré mejor.

– ¿Lireck, no vas a entrenar? –Comentó Belpher muy sonriente al ver de pie a Lireck con su acero en mano.

– ¿Estás bromeando Interceptor? tengo todo el rato luchando contigo.

–Eres tan lento que ni me di cuenta que estabas luchando –comentó en tono burlesco.

– ¡Ahora verás!

En ese momento se presenció una lucha en la nieve, Lireck le lanzó un proyectil a Belpher quien dejó su acero de lado para unirse a la batalla.

Déneve y Olfor reían sobre la situación, ambos contendientes no esperaron más y los atacaron también, habían empezado muy bien el invierno, al paso de unas horas llegó la hora de comer.

Beatyn y Déneve invitaron a Belpher, Lireck y Olfor a degustar de una sopa caliente.

–Esta sopa está exquisita señora Beatyn.

–Por eso eres mi consentido Lireck, voy a servirte más.

– ¿Cuánto tiempo estará allá afuera tu padre y los mercantes Déneve? –Preguntó Olfor.

–Creo de quince a veinte días, dependiendo la mercancía que se compre y las contingencias del clima.

–Belpher no lo ha dicho pero él lo propuso, estábamos pensando que después de su regreso pudiéramos integrarnos a la caravana, de hecho pensamos apoyar a Interceptor con las labores que le corresponden como hombre de la aldea –comentó Olfor mientras degustaba de la sopa.

–Ese es un buen gesto señores, no hace falta que hagan esas labores ya que eso podría entorpecer sus actividades militares –comentó Beatyn.

–Queremos hacerlo señora Beatyn, la verdad es que no podemos dejar de pensar que se necesitan de más manos para poder prosperar –agregó Olfor.

–Entonces ¿Quieres pasar de ser un Centinela a un ordinario campesino? –preguntó Déneve muy sonriente.

–La verdad es que es algo interesante, podríamos prosperar y ser felices –comentó Belpher.

–Entonces, ¿Han pensado en un futuro ustedes dos?

–A decir verdad, sí, con todo respeto, ella es lo único en lo que pienso señora Beatyn, solo quiero el bienestar de ustedes.

–Entiendo, Kortéc quiere pasar más tiempo contigo, está de acuerdo en todo pero aún no tiene del todo confianza hacia tu persona.

–No lo culpo tratándose de mí.

–Tratándose de ella, su más preciado tesoro, no es por tu persona o lo que representas como Centinela, él quiere ser tu amigo, entregarle a su hija a un buen hombre, a un buen hijo.

–Entiendo… le prometo que si eso pasa yo jamás abandonaré a Déneve y la protegeré para que vivamos todos felices –respondió reflexivo.

–Yo lo sé, eso mismo dijo Kortéc y hasta ahora lo ha cumplido –comentó mirando la ventana, Déneve tomó la mano de su amado y la apretó.

– ¿Alguien quiere más sopa?

–Yo sí –respondió Lireck sonriente con su plato vacío en sus manos.

Después de unas horas Belpher salió al Bosque con Déneve para caminar un rato y reflexionar.

–Mis padres no quieren dejar la aldea Belpher.

–Lo entiendo, incluso el señor Gálamoth está pasando por lo mismo con su esposa.

–Ruego a nuestra santa madre creadora que el señor Gálamoth esté equivocado.

–Para desgracia de todos, la inteligencia del Pendón de la Reclamación es precisa, no falla.

–No quiero limitarme a solo resignarme a esto, en todo este tiempo he incrementado mi poder para esperar ese momento, me enoja que ante lo ya predicho nadie haga caso, todo sigue igual, comienzo a ver al resto de las hechiceras como unas inútiles, ni siquiera los hombres se preparan, ese día ustedes simplemente se irán, estamos condenados.

–No se aferren a la destrucción Déneve, la gente que se irá con nosotros tendrá asegurada la supervivencia del pueblo, durante décadas hemos hecho esto y cada civilización que deja sus raíces prospera en otra tierra sin perder su identidad, todos en armonía, con el tiempo olvidan a aquellos que se quedaron atrás, solo piensan en su prosperidad.

–De ustedes depende que sigan existiendo, de lo contrario serán olvidados, no importa cual sea su destino, todo tiende a desparecer.

–No sin un verdadero propósito Déneve.

– ¿Tú te quedarías contigo Belpher?

–La pregunta sería ¿Quieres vivir una vida conmigo?

–Son preguntas que se contraponen en dos lados separados.

–Yo estoy dispuesto a quedarme, pero ¿Para qué desperdiciar nuestras vidas si tenemos un futuro pequeña Déneve? ¿Para qué resignarse a la muerte si tenemos el poder de elegir entre una vida feliz?

–Yo envejecería y en un futuro moriré Belpher.

–Yo no permitiré eso Déneve, antes buscaré un elixir para tenerte siempre a mi lado.

–Eso sería buena idea, pero no creo que sea sencillo.

–Yo lo haré posible, ven conmigo, unámonos en matrimonio y vivamos por siempre, Déneve, yo lo hará por ti, no será difícil conseguirlo.

–Debo pensar bien en tu propuesta, tampoco quiero hacerte sufrir o que el señor Gálamoth pierda a un buen soldado por el egoísmo de una chiquilla.

–Tranquila, sé que algo debe pasar para que todo se acomode y seamos felices.

Belpher besó a su amada Déneve y los dos continuaron su caminata, conversando sobre la situación que la aquejaba, por ahora debían estar preparados pues los próximos días serían más fríos en la Aldea de las Tres Crecientes.

XIII

PREPARATIVOS MILITARES

Transcurrieron varios días, una fría mañana, la nieve no dejaba de caer, como era costumbre, Déneve acompañaba a Belpher a recoger algo de leña para Beatyn, todo parecía un día normal en el que la pareja de enamorados disfrutaban juntos, mientras llegaban a casa se encontraron a Olfor salir por pa puerta principal.

–Interceptor, Déneve, que bueno que los veo.

–Qué es lo que pasa Olfor.

–En este momento el señor Gálamoth nos convoca a una reunión, esta vez solo nosotros Interceptor.

–Entiendo… pequeña no tardaré.

–Está bien Belpher.

Belpher dejó la leña en su lugar, besó a su amada y se retiró con Olfor, ella se mostró algo preocupada, tal vez algo importante estaría por pasar, por ahora sería un misterio que solo los Centinelas sabrían.

Mientras tanto, en un campamento cercano a la aldea, los casi doscientos Centinelas se reunieron con su líder Gálamoth quien al hacer presencia todos lo recibieron con un saludo.

—Descansen soldados, siento interrumpir sus actividades, pero me veo obligado a estar a un paso adelante del enemigo, debido a que casi nadie de esta aldea quiere dejar sus hogares, incluyendo a mi esposa, creo que no tendremos posibilidades de hacer algo por ellos si permanecemos aquí cuando llegue el enemigo, sé que algunos ya decidieron quedarse con sus nuevas familias y amigos lo que tal vez fracture nuestra gloriosa agrupación con sus decesos, sin embargo, para no perder a nadie y mantener alejada la posibilidad de que los aldeanos y algunos de nosotros perezcan, tengo un plan que puede solucionar esta situación, podremos no solo seguir manteniendo el secreto de esta aldea, sino también frenaríamos la cruzada de expansión enemiga en toda esta planicie por años —comentó mirando los rostros atónitos de sus soldados.

—Confío en su palabra señor Gálamoth, lo que sea que debamos hacer me presto a la lucha —comentó un soldado mientras todos hacían un escándalo ovacionándolo.

—Sé que así será soldado, muchos de ustedes aman como yo este lugar y a su gente, para esto me senté con los oficiales a dialogar y planear algo y así fue, sabemos que la inquisición es quien se encarga de la cruzada de expansión, alguna vez intentamos atacarlos, pero conforme matamos a un inquisidor, cien lo reemplazan, no podemos atacar de frente a la bestia pero podemos ser más inteligentes, los inquisidores no han viajado mucho, primero realizan un reconocimiento en la zona, solicitan la ayuda de guías y Guardianes, en este caso son los Terranos a quienes tienen cerca para llevar a cabo su labor, en el reino de Terra se encuentra la Abadía de los Paladines, también conocida como el templo del norte, esta es dirigida por nuestro viejo amigo Byron, el anciano Gran Guardián quien es apoyado por sus colegas los Maestros, los únicos que atestiguaron cuando se celebró el pacto con la aldea, todo se registró en papiros que narraron cada momento, ahí se incluyeron mapas con las rutas para llegar aquí, esa será nuestra misión, debemos borrar cualquier indicio que ayude al avance de la expansión, todo está registrado en la gran biblioteca Terrana, debemos incendiarla y destruir todo indicio o evidencia de su existencia, el siguiente paso será radical pero efectivo y necesario, debemos acabar con los maestros y el Gran Guardián pues conocen bien sus tierras y lo que hay aquí solo ellos lo saben, los Paladines no sospecharán para qué hicimos esto y dejaran en paz al pueblo y todos los que estén aquí cerca, poseemos una gran ventaja, el valor de los Terranos yace por los suelos, están desmoralizados por lo que les hicimos a sus tropas hace medio siglo aproximadamente, ¿Recuerdan Doomtany? Lo ocurrido ahí los desestabilizó, no encontraremos la misma resistencia de hace décadas.

– ¿Pero cómo poder atravesar toda la ciudadela? Incluso para nuestras habilidades es arriesgado pues no sabemos qué pasillos están protegidos.

–Es cierto, algunos de ustedes se irán en la próxima caravana mercante, deberán ir hasta Terra, ahí deberán hacer un reconocimiento donde buscarán los mejores rincones para poder infiltrarnos, en los próximos días debemos tener todo bien estudiado y cuando llegue el momento dar esos tres golpes que mutilen a la orden asesina y frenen a la expansión de una vez.

–Entonces, debemos hacer reconocimiento de todos los rincones, cuando llegue el día vamos a asesinar al Gran Guardián, a los maestros y quemar la gran biblioteca del templo de Terra –resumió Olfor.

–Así es Soldado, si es posible también vamos a asesinar al Rey Terrano, nos dividiremos en diferentes secciones, saldremos al mismo tiempo, debemos dar este golpe a como de lugar.

– ¿Qué hay de nuestros amigos? –Preguntó Efést.

–Buen punto Efést, debemos recordar que entre los maestros tenemos simpatizantes, aquellos aliados ocultos que nos advierten de la situación, no los dañen y hagan lo posible para no ser vistos por ellos, esta acción los decepcionaría como amigos que buscan la verdad fuera de la tiranía.

–Señor Gálamoth ¿Qué pasará después? ¿Será necesario quedarse aquí o nos llevamos a los que desean irse?

–Buen punto Lireck, funcione o no, eso dependerá de ellos, dependerá de quienes pase lo que pase no habrá vuelta atrás, si van a tener familia solo recuerden su compromiso allá afuera.

–Entendido señor –comentó Lireck mientras veía a Belpher.

–Regresen todos a sus puestos, sigan con lo que estaban haciendo y cuando llegue el momento serán convocados, debemos pulir bien esto, para eso necesitaré a los mejores en reconocimiento.

Todos se miraban unos a otros algo nerviosos, pero convencidos por la causa, el plan estaba hecho, solo haría falta ejecutarlo cuando llegara el movimiento, Gálamoth necesitaba planearlo bien pues su misión sería definitiva, se trataba de eliminar pilares importantes, todo para que el equilibrio y la paz puedan prevalecer por un tiempo determinado.

Al terminar la reunión todos rompieron filas, Lireck, Olfor y Belpher salieron del lugar aún pensando por la situación.

–Todo esto me dio hambre –ahora si te tomaré la palabra Lireck, creo que te acompañaré, Interceptor vamos por algo de comer.

–creo que si Olfor.

Antes de avanzar por su camino a las barracas, su líder Gálamoth los detuvo.

–Señores, ustedes son los mejores, ¿Cuento con ustedes? –Preguntó mientras tomó del hombro de Olfor.

–Cuente con nosotros señor –respondió Lireck.

–Interceptor, por tus habilidades necesitamos que tú vayas a la misión principal.

– ¿Cuál es dicha misión señor Gálamoth?

–Acompañarás a Efést al bosque Terrano, tu objetivo será acabar con el Gran Guardián.

–La noticia hizo expresar un gesto de nerviosismo al soldado.

– ¿Pasa algo Interceptor?

–Nada señor Gálamoth, no fallaré.

–Esa es la actitud, ustedes le acompañarán también, ayúdenlo a abrirse paso hasta que él o alguno de ustedes lo tenga en la mira.

–Sí señor –respondió Olfor con un saludo militar mientras Gálamoth dio media vuelta y se retiró con el resto de oficiales.

En ese momento, los tres amigos se retiraron del lugar, llegaron a las barracas y se sentaron a pensar la situación.

–No es lo mismo que en Doomtany –comentó Lireck.

–Estás loco, es peor que Doomtany, estamos hablando que no podemos fallar, ¿Sabes que significa? Llegamos, matamos y nos vamos, si fallamos se acabó señor, hasta nunca comida, hasta nunca todo, estamos acabados –respondió Olfor.

–Entonces debemos hacerlo bien, ya hemos estado en el templo alguna vez, reconocimiento nos dará el mapa, además, ya lo dijo el señor Gálamoth, lo que ocurrió en

Doomtany los desmoralizó por décadas, ¿Tú que opinas Interceptor? –Comentó Lireck mientras Belpher se mostraba algo pensativo.

–Quiero ver a Déneve… solo quiero verla…

En ese momento se levantó y se retiró mientras sus amigos lo notaron preocupado, en su camino podía ver a algunos de sus amigos alistando sus cosas para dedicarse a entrenar pues el llamado sería en cualquier momento, finalmente tendrían actividad, una oportunidad para poder prevenir lo que podría ser lo inevitable.

–Déneve se encontraba en su casa, sentada frente a la chimenea cuando tocaron a la puerta, se levantó y abrió esperando a Belpher.

– ¿Layra? ¿Cómo estás?

–Hola Déneve, ¿Puedo pasar?

–Sí, adelante, ¿Gustas un poco de té?

–Sí, por favor.

– ¿Qué es lo que sucede? –preguntó mientras entregó la taza de té a su amiga.

–El motivo de mi visita es porque no hay mucho que hacer en estas fechas, ya no recuerdas que te visitaba para aprender sobre alquimia.

–Es cierto Layra, he estado ocupada.

–Sí, con ese Centinela, es guapo, al final creí que te quedarías con Eníc.

– ¿Por qué me quedaría con Eníc?

–Era obvio Déneve, a Eníc le gustas y no sabes lo mucho que ha sufrido por tu ausencia y más que se ha enterado de ustedes.

–Bueno, jamás me lo ha dicho, solo muestra su lado más molesto al enojarse conmigo, culparme por todo e irse sin terminar la discusión, sin yo tener la oportunidad de responder, pero realmente dime Layra ¿Qué es lo que quieres? ¿A qué has venido?

–Solo quiero recuperar los tiempos de antes Déneve, ser amigas como siempre hemos sido, ahora solo estás con los Centinelas, ya no vas a clase con la maestra Sarah, ya no te vemos en la plazuela.

–Todo cambia Layra, dime algo, ¿Has practicado los elementos o algún hechizo útil?

–Lo normal, lo de siempre.

–Ya viste lo que han dicho los Centinelas, allá afuera viene todo un imperio conformado por reinos asesinos y esclavistas, ¿Estás preparada para enfrentarlos?

—Eníc tiene razón en algo, te estás fanatizando, los Centinelas te están metiendo muchas cosas en la cabeza.

—Eníc no sabe nada, no quiere saber nada, solo está celoso y odia a Belpher y a sus amigos, no todo es como la vida de aquí dicta Layra, eso creímos alguna vez, pero me he dado cuenta aprendiendo con ellos, yo también quiero que sea como antes pero ahora que lo dices no puedo sentirme en paz aún sabiendo que hordas homicidas vienen en camino, lo peor de todo es que no veo preparado a nadie, ni siquiera a ti, siento amor a este lugar pero no siento que nadie en verdad quiera defenderlo, los veo igual, se confían de la presencia de los Centinelas e incluso prefieren juzgarlos.

—Eníc dice que hay un grupo que no los quiere, ese grupo está tratando de influir sobre los demás para que hagan caso omiso en lo que los Centinelas proponen ya que ellos terminarán trayendo la desgracia.

— ¿Cómo traerán la desgracia? ¿Sentados? ¿Fingiendo que no pasa nada? ¿Saliendo a vender por días? ¿Las mujeres aprendiendo hechizos de cocina y actividades cotidianas? ¿Celebrar otra fecha? Lo inevitable está por venir y nadie tiene la mínima idea de lo que se trata, Layra, Eníc solo te está infectando de odio hacia los Centinelas, ellos son héroes.

—Son asesinos que se ocultan en nuestro pueblo…

—Las mismas palabras de odio e ignorancia de Eníc, creo que es mejor que debas irte, no estaré escuchando más de eso.

—Lo siento Déneve, en verdad lo siento, me exalté, solo que tengo miedo.

—Yo también lo tengo, no tienes idea de cuanto, pero no estoy con los brazos cruzados, despreciar y odiar a los Centinelas no frenará lo que se maquina allá afuera, esto puede ser el fin de nuestra aldea y tu vienes a hablarme del problema con los Centinelas.

En ese momento Layra dejó su taza de té, se puso de pie y se levantó.

—Desearía que ellos no hubieran venido nunca.

—Desearía que aceptaras la verdad, como muchos no lo hacen —le respondió Déneve con voz firme.

Layra abrió la puerta y salió de la casa de Déneve, afuera había una tormenta de nieve que hacía perder la visibilidad de las cosas, así la joven se fue desapareciendo poco a poco de la vista de Déneve quien se mostraba arrepentida por lo sucedido.

En ese momento, repentinamente, Belpher apareció en el interior de la casa, algo que ya no sorprendía a la joven hechicera.

–Hola Belpher.

–Hola pequeña, ¿Dónde está la señora Beatyn?

–No se encuentra, fue con una vecina y la tormenta debió detenerla allá.

–Ya veo, ¿Alguien vino al té?

–Sí, vino Layra pero discutimos.

–El tema de la expansión…

–Así es, ella es alguien más que no cree, pero no quiero hablar de eso… ¿Qué tal te fue en tu reunión?

–Creo que tenemos que hablar de eso pequeña.

Déneve acercó una taza de té a Belpher quien se quitó su abrigo y se sentó con ella cerca de la fogata.

–El señor Gálamoth cree que tenemos la mejor oportunidad de frenar todo.

– ¿Tú que piensas de eso Belpher?

–Soy un soldado, debo seguir órdenes, pero para ser sincero estoy algo nervioso, no es cualquier misión –comentó Belpher mientras que Déneve veía como movía la taza en sus manos.

– ¿Qué es lo que te pasa Belpher?

–Te lo diré… en nosotros debe haber confianza así que te diré lo que pasa… durante mucho tiempo hemos desempeñado misiones peligrosas, pero ha habido dos situaciones importantes que me han golpeado y marcado todos estos años.

–Te prometo que voy a escucharte y a apoyarte Belpher –respondió Déneve al acomodarse entre los brazos de su amado.

–La primera vez que tuve estos pensamientos fue en mis tiempos al servicio del reino Terrano, cuando nos opusimos a matar a una caravana de refugiados de guerra, para nuestros superiores serían una carga, ellos tenían la encomienda de darles muerte ya que se opusieron a entrar a una de las ciudades esclavistas, parte del proyecto de la llamada Ciudad de la Abundancia, al desobedecer la orden nos dimos cuenta que todo se trataba de más control y poder, no había gloria en eso, en ese entonces teníamos un líder, un maestro el cual respetábamos mucho, el murió envenenado a manos del cobarde reino Terrano por órdenes del imperio Rásagardiano, el cual enviaron a compañeros, familiares y amigos nuestros para aplicarnos ley marcial y ser ejecutados sin un juicio justo, no importándoles quienes éramos, ellos accedieron, nos rebelamos y esa tarde hicimos una masacre por nuestra supervivencia, no era lo justo, su obediencia rechazó todo signo de amor y lealtad a sus semejantes, aquellos soldados mataban a sus hermanos y compañeros como si fueran enemigos comunes, tuvimos que hacer algo pues no deseábamos morir, después de ese caos desertamos, el resto ya lo sabes.

—Es triste, lo que mundo tan horrendo les hizo Belpher.

—La segunda tarea que me marcó data hace medio siglo, en ese entonces formábamos parte de la resistencia del Pendón de la Reclamación, ya habíamos desempeñado tareas para ellos pero nada como esa tarde, esa ocasión era especial, en aquellos días los Libertadores sufrieron bajas al ser masacrados en Kraznang, se creyó que nuestro líder supremo había muerto pero no fue así, la resistencia fue desplazada a un desierto peligroso en las tierras de Doomtany, los que sobrevivieron instalaron un puesto de comando ahí, pasó lo previsto y la orden Terrana desplegó a dos mil soldados, todos se dirigían allá para acabar con los libertarios, entonces llegamos, los poderosos hechiceros del libertador oscurecieron el cielo del mediodía para darnos ventaja mientras que el Libertador y sus fieles seguidores escapaban, después de horas en oscuridad los soldados yacían agrupados y cansados mentalmente pues esperaban a que alguien los atacara, algo que no hicimos hasta que anocheció.

—Entonces… ustedes les harían frente.

—Así es, esa noche los masacramos, la orden era acabar con todos y así fue, pude identificar a varios familiares de algunos compañeros, a ellos no los toqué pero otros lo hicieron, el señor Gálamoth se lanzó por los líderes y oficiales los cuales apartó para él y sus demás compañeros, esa noche asesinó al nieto del Gran Guardián, un guerrero legendario el cual decían que había derrotado al líder supremo "el Libertador", en Kraznang, ese joven era invencible y el señor Gálamoth y yo junto con algunos compañeros, entre ellos Olfor y el poderoso Phineel se dieron el lujo de matarlo mientras yo acabé con el resto; un golpe muy fuerte para los Terranos fue sufrir por la muerte de sus tropas, su campeón y sus mejores oficiales.

—Que triste…

—Esa noche dejamos un cerro de cadáveres, habíamos terminado con ellos, algunos de nosotros estábamos arrepentidos, no era justo haberlo hecho así, pero era necesario para defender los ideales que el Pendón de la Reclamación defendía con honor, esa misma noche nos reunimos en un campamento, el señor Gálamoth no mostró arrepentimiento alguno, estaba satisfecho por nuestro trabajo, tal vez por la lucha, tal vez para mantener el respeto de nosotros hacia él, lo cierto es que despues de lo ocurrido allá en Doomtany ya no seríamos perseguidos, muchos de los que asesinamos eran amigos de nosotros y eso no pareció afectarle, aunque siendo sincero, los Terranos hubieran hecho lo mismo con nosotros.

–Puedes dejar todo eso Belpher.

–Es el camino que elegí pequeña, no será fácil, hoy Gálamoth me dio la prueba más grande y solo quiero que llegue ese día para acabar con todo definitivamente, tal vez sea la única oportunidad y si funciona detendremos la expansión por años, quien sabe, tal vez para siempre.

–Pero, ¿Qué pasa si no funciona Belpher?

–Entonces algo se nos ocurrirá pequeña, lo sé, desde lo ocurrido en Doomtany ya no hemos derramado sangre, solo hemos apoyado a los Reclamadores como emisarios de la salvación, advirtiendo sobre la expansión y reubicando a los que aceptan salir de sus hogares a un futuro próspero, Gálamoth tiene todo el invierno para pensarlo bien pues esto mutilará por completo a la orden Terrana.

– ¿Qué van a hacer?

–Iremos a ocasionar caos de nuevo, mantenerlos incapacitados, si los Terranos no atacan entonces Rásagarth no se arriesgará sin mandar a sus perros de guerra, el resto no puedo decírtelo, estoy nervioso, abrumado, regresar a Terra a hacer más daño.

–Entonces no lo hagas Belpher.

–En mi recae esa responsabilidad, siendo sincero soy el único que puede hacerlo, mi único consuelo de esto es que se salvará la aldea que no quieres abandonar Déneve, si este plan es la única alternativa que tenemos, entonces te salvaré a ti pequeña.

Déneve y Belpher se encontraban abrazados frente a la chimenea, ella lo notaba más serio, tal vez temeroso, había un secreto que él se negaba a decir, algo que reviviría cuando llegara a ese lugar, esa misma noche, Déneve invitó a Belpher a quedarse, cuando Beatyn llegó lo encontró dormido por lo que no hizo ruido alguno y se puso a preparar la cena.

– ¿Está resfriado Belpher hija?

–Está cansado, lo noto algo abrumado.

–Ya me enteré que irán a una misión a Terra.

– ¿Quién te lo dijo?

–Estuve con la madre de Alyn, hay un Centinela que es amigo de su hijo, se le veía emocionado, él espera que sea cuando llegue la primavera, no dijo más al respecto – comentó Beatyn mientras Déneve miraba con ternura su amado quien en ese momento comenzaba a despertar.

–Buenas noches soldado, la cena estará en un momento.

–Siento mucho haberme quedado dormido.

–No hay ningún problema, usted es como un hijo más, si mi Déneve lo ama entonces es bienvenido.

–Gracias señora Beatyn.

– ¿Han pensado en su futuro los dos?

– ¿Futuro? –Comentó Déneve desconcertada.

–Sí, sé que eres muy joven hija, pero ve pensando en eso, yo me casé con tu padre cuando tenía tu edad, en ese entonces era muy joven.

–Usted es muy joven señora Beatyn.

–Gracias Belpher, aquí el caso es que cuando termine todo esto habrán muchos cambios, tal vez se vayan todos los Centinelas, tal vez se queden, en fin, debemos prepararnos todos, la juventud se acaba así como las oportunidades.

–Madre, estás hablando de…

–Ustedes deben casarse, estar juntos, tener una familia, sin importar que él sea un inmortal.

–No sé que decir señora Beatyn.

–A menos que no quieras hacerlo Belpher.

–Claro que no… digo, quiero hacerlo… –respondió sorprendido con Déneve mirándolo.

–No se contengan al pensarlo, es buen tiempo el que llevan conociéndose y la aldea está siempre próspera.

–Le prometo que cuando termine todo esto, haré lo que sea para hacer feliz a Déneve.

–Ya está la sopa –comentó Beatyn.

–Necesitamos un hombre aquí, con el tiempo le diré a Kortéc, pero debes ganarte su respeto, no como soldado, sino como amigo.

–Lo haré señora Beatyn

Esa noche los tres comenzaron a cenar, mientras que allá afuera la nieve no dejaba de caer, de aquí en adelante ya habría más preparativos en qué pensar pero por ahora cada Centinela debía enfocarse en lo prioritario, la misión más importante que todo Centinela debía realizar, el invierno solo sería un periodo de planeación y preparación para los soldados en la Aldea de las Tres Crecientes.

Finalmente el viento invernal pasó, el astro celeste salió a cambiar el color de todo el ecosistema dentro y fuera de la aldea, una mañana, Gálamoth estaba sentado en la sombra de un árbol, observando el entrenamiento de sus soldados mientras disfrutaba de una jugosa manzana cuando Belpher hizo su aparición.

–Señor Gálamoth.

–Interceptor, toma asiento, vienes a solicitar noticias, todo sigue en pie, aún no habrá operación.

–No, señor, quería hablar con usted.

–Parece que no has dormido bien soldado, es por tu misión ¿Cierto?

–Sí, señor…

–Mira a todos luchar, tú los conoces mejor que yo Interceptor, Efést debería ser el líder pero él al igual que ustedes me eligieron a mí siendo el último de la casta y siglos más joven que ustedes… ¿Por qué? pudieron ser ustedes, no yo, en cambio así lo hicieron…

–Usted tiene más de lo que se necesita señor Gálamoth, sus decisiones son radicales, definitivas pero nos han dado cambios que nosotros si vemos, el Pendón de la Reclamación es el equilibrio de este mundo y usted lo representa con honor y valor, al haber uno de nosotros logró complementar lo mejor de dos mundos, a pesar de nuestra edad, usted nos ha enseñado mucho más que nosotros mismos.

– ¿Crees que lo que hago es lo correcto?

–Si no lo fuera, al menos es necesario, no cuestiono sus decisiones señor Gálamoth, nadie lo hace, si hubiese un desacuerdo no dudaríamos en expresarlo, pero no es así, tiene un batallón leal dispuesto a apoyarlo porque hemos visto los resultados.

– ¿Qué es lo que te aqueja Interceptor?

–La última vez que estuve en Terra casi muero, cuando la orden de los Cuervos de Acero se partió en dos, nosotros fuimos la minoría, debimos haber muerto pero no fue así, matamos a quienes se nos pusieron enfrente, para escapar tuvimos que incendiar casas en la ciudadela, ocasionar caos para distraer a nuestros perseguidores y escapar, inocentes murieron esa noche.

–No fue lo justo, pero fue lo necesario, en este mundo tendrás que medir con esa balanza y tomar decisiones Interceptor, aquí está la verdadera élite, aquellos fieles a sus ideales y no a los amos, yo fui alguna vez un Paladín, admito que no fui el mejor, mi intolerancia me llevó a la prisión, escapé y para lograrlo tuve que matar a mis escoltas quienes eran mis amigos, toda una vida huyendo de la orden templaria y del imperio, no se compara con intentar huir de esos recuerdos tan crudos, aún están en mi mente, su obediencia a tan injusta ley era superior al amor fraterno y lealtad que teníamos, para ese entonces yo ya estaba dentro de las filas del Pendón de la Reclamación, mi función era seguir siendo Paladín infiltrado en el templo de Terra, pero… ¿Acaso les dije algo sobre el templo? No, tanto era mi amor por mis amigos que dejaba de lado la causa de tan noble y justiciera empresa, los Reclamadores jamás me reprocharon eso pero mis amigos decidieron juzgarme y encerrarme, maldito mundo del que vengo, tuve que hacer lo que para mí era necesario y así lo hice correcto, no me arrepiento pero al igual que tú sufro por esos tiempos, los culpables a esto no somos nosotros, la maldita orden intolerante lo es, los Reyes se arrodillan ante un emperador que no conocemos pero que se siente con toda autoridad de aplastar a los que no conoce.

–En eso tiene toda la razón señor Gálamoth, con cada palabra suya encuentro razones para mantenerme aún más convencido de mi misión, pero hay algo que no había sentido desde el día de nuestra expulsión, siento miedo… qué patético soy…

–Sé lo que tienes, se trata de la jovencita, temes por ella, no por ti…

—Sí, señor…

—Vaya suerte que tenemos ¿No?

— ¿A qué se refiere?

—Hace medio siglo llegamos aquí, para mí fue la primera vez, nadie en ese entonces existía, al conocer a la Hermosa gente de aquí hice todo lo possible para protegerla, recuerdo que frenamos al reino de Aeros, hicimos cosas crueles pero que realmente detuvieron los planes de expansion por tanto tiempo, hace ocho años regresamos y así conocí a Sarah, en cada misión siempre la tenía en mi mente, jamás la dejé sola, cada noche la visitaba, gracias a la tele-transportación Subpenumbral la tenía tan cerca como quería, desde que llegamos y me enteré que Rásagarth planea venir aquí, todo comenzó a tambalearse, ella no quiere dejar su hogar, a sus hijas, mis hijas, estamos en la misma situación, por eso debemos actuar, si no funciona no evitará que vengan, deberemos buscar alguna otra forma de disuadir a la inquisición sin importar lo que esto conlleve, si podemos frenar a Rásagarth que así sea.

—Sabemos que eso no será posible señor Gálamoth, no con Terra de aliado.

—Así es Interceptor, por eso debemos actuar primero, desorientarlos, por lo menos para que nos de tiempo de convencer a esta gente y largarnos de aquí para siempre, ante la orden dada, las campanas ya tocaron, debemos hacerlo.

—Así será señor Gálamoth, esto lo haré por ella, parece una locura pero estamos pensando en unirnos en matrimonio.

—Que gran noticia, ¿Cuándo piensan hacerlo?

—Aún no lo sabemos, tal vez en el solsticio de verano.

—Tenemos tiempo para eso, vamos a hacer algo para ayudar a motivarte, déjame todos los preparativos a mí, yo te apoyaré con todo, incluso traeré al mismísimo Libertador para casarlos.

—Eso es una gran recompensa señor Gálamoth, no fallaré.

—Si todo sale bien, después del solsticio de verano iniciamos la operación, has lo que tengas a tu alcance, como siempre ha sido.

—Así será señor Gálamoth.

—Ve con tu novia, salúdala de mi parte.

—Sí, señor.

Belpher se puso de pie y extendió la mano para estrecharla con Gálamoth, sin pensarlo dos veces él lo hizo, ambos hicieron un saludo militar y Belpher dio media vuelta para irse del lugar, ahora convencido de lo que debía hacer, no había dudas ni preocupaciones, antes de que llegara la fecha Belpher disfrutaría cada momento con su amada Déneve hasta que llegara el día en que la hiciera su esposa.

En la aldea, Déneve se encontraba barriendo afuera de su casa, ayudando a su madre a arreglar todo cuando Belpher llegó a visitarla.

–Hola Belpher –saludó Déneve mientras él llegó y la besó.

–He llegado con noticias Déneve.

–Hoy te ves con buena actitud ¿Qué pasó?

– ¿Quisieras ser mi esposa?

– ¿Qué? ¿Esposa? pero…

–No te preocupes por todo, seré el mejor hombre para ti, te lo prometo –comentó mientras Belpher sacaba de un pequeño bolso un anillo de plata con la forma de un cuervo con las alas extendidas, tomó la mano de su amada y se lo puso, el anillo le quedaba un poco grande pero aún así ella lo lució.

–Es el anillo de la orden de los Cuervos de Acero, lo uso para cuando realizo misiones donde no se manche para así mantener su gloria, hoy te lo entrego como una promesa.

–Sí, acepto Belpher.

Belpher levantó a su prometida y dio vueltas de felicidad con ella.

–Pero con una condición.

–Una condición… ¿Cuál? ...

–Antes debes decirle a mi padre y debes convivir con él o no lo permitirá.

–Tienes razón Déneve, cuando llegue le invitaré un tarro de vino, le conseguiré el mejor.

Esa soleada mañana, Belpher ayudó en los quehaceres de la casa, al paso de unas horas Lireck y Olfor se unieron a ayudar un poco, al paso del mediodía llegó la hora de comer, Beatyn preparó la mesa e invitó a todos a sentarse para degustar los alimentos.

–En unos días llegarán todos, vamos a ver que tal les fue en este invierno –comentó Beatyn.

–En la siguiente caravana Lireck y yo planeamos unirnos para ayudar a vender.

—Es una buena iniciativa Olfor, ¿Qué planeas hacer tú Belpher?

—Yo… pues dedicarme a hacer lo mismo supongo, podré estar en dos lugares a la vez así que no descuidaré nada.

—Madre… —interrumpió Déneve mostrándole la sortija en su mano mientras Lireck y Olfor se atragantaban por la sorpresa.

—Ya veo… bueno… el tiempo lo decidirá, hay mucho por hacer, ¿Tienen la fecha para eso?

—No del todo, para los recursos no habrá problema, sería cuestión de organizarnos, había pensado que para hacerlo especial podríamos hacerlo en la ceremonia del solsticio de Verano.

—Eso sería dentro de unos meses, me parece muy pronto pero si ya tienen todo resuelto entonces adelante.

—Sí madre —comentó sonriente.

—Recuerda pedir la mano a su padre, ya que su palabra tiene tanto peso como la mía.

—Lo entiendo, así será señora Beatyn.

Después de la merienda, Déneve salió con Belpher y sus amigos a la plazuela a pasear un rato.

—La verdad estoy muy feliz por ustedes, son los mejores —comentó Lireck.

—Solo espero encontrar el amor aquí, hace mucho tiempo que no me enamoro de alguien, creo que es momento —agregó Olfor.

—Este lugar siempre ha sido el santuario de los Centinelas, ningún otro nos ha cautivado como aquí, ahora debemos protegerlo, recuerden que tenemos una misión y debemos desempeñarla con lo mejor que tenemos, hagámoslo por el futuro de este lugar.

—Tienes mi apoyo Interceptor —comentó Lireck.

—También el mío, haré lo que sea necesario, defendamos la paz de este hermoso lugar.

—Así sea —concluyó Belpher al besar a su prometida.

La primavera apenas estaba comenzando, esta obsequiaba con mostrar los escenarios más hermosos entre las casas y los verdes árboles del bosque, se respiraba un aire tranquilo, en la Aldea de las Tres Crecientes.

XV

CONVIVENCIA NOCTURNA

Varios días después de que la primavera limpió el blanco invierno, finalmente, la caravana de mercantes llegó a casa, las mujeres fueron a darles la bienvenida, abrazaron a sus esposos, hermanos, hijos y abuelos, Déneve y Beatyn recibieron a Kortéc quien ya estaba bajando varias cosas de su vieja carreta.

En ese momento, Kortéc se acercó a Belpher quien llegó acompañado de Olfor y Lireck para ayudarlo con la carga.

–Saludos Centinela, dime, ¿Cuidaste bien de mi hija?

–Tal como lo ordenó señor –respondió.

–… ¿Ordenó? ven acá hijo, algún día serás un gran hombre para ella, ahora entiendo a tu casta, siempre leales.

Todos se retiraban del lugar para dirigirse a casa; mientras lo hacían alguien los observaba, se trataba de un demacrado y vacío sujeto, Eníc no aceptaba lo que ocurría, podía ver como Déneve y sus padres se marchaban acompañados de los Centinelas.

–"Esos sujetos jamás debieron haber llegado aquí" –musitó Eníc quien en ese momento se retiró del lugar con su mercancía.

Mientras tanto, Déneve había llegado a su casa, Belpher y el resto dejaron la mercancía dentro y se retiraron.

—Debemos irnos querida, es hora de disfrutar a tu padre.

—Gracias amor mío.

—Dile que antes del anochecer le invitaré aquí mismo un buen vino.

—Le diré…

Déneve se despidió con un beso y entró a su casa, Belpher y sus inseparables amigos se retiraron con él, ya en camino, él conversaba con ellos.

— ¿Entonces te casarás con ella amigo?

—Es la idea Olfor.

—Yo quiero entregar a la novia…

—Pero qué tontería estás diciendo Lireck, ¿Has estado en alguna ceremonia conyugal?

—No…

—Eso, pensé, tampoco yo… pero sé que el padre es quien entrega a la Novia ¿Verdad Interceptor?

—Así es… lo siento Lireck, su padre lo hará… bueno… espero acepte, de lo contrario tendremos que esperar a convencerle.

—Tienes razón Interceptor, la verdad estoy feliz por ti amigo, ¿Verdad Olfor?

—Así es amigo Interceptor, Déneve es una jovencita muy hermosa, digna para alguien como tú…

—Gracias amigos —respondió muy sonriente Belpher.

Después de unas horas, finalmente cayó la noche, Belpher cumplió su palabra, llegó a casa de Déneve y vio a Kortéc cortando algo de leña.

—Saludos señor Kortéc.

—Centinela, buenas noches, toma asiento.

— ¿Gusta que le ayude con esos leños?

—Ya casi término, corta esos cuatro leños mientras yo llevo estos adentro, ¿Buscas a Déneve? ¿No es muy tarde para eso?

—Descuide señor, vengo a verlo a usted.

En ese momento Kortéc levanto los leños y los llevó a casa mientras que Belpher sacó de un bolso dos grandes tarros de cerámica y cuatro botellas selladas con corcho, una vez todo preparado se puso a cortar leña rápidamente hasta acabar, en ese momento salió Kortéc.

–Vaya, has acabado y veo que te dio tiempo de montar eso, ¿Qué reserva es?

–Es la reserva especial del mejor vino del reino de Blumgarth.

–Blumgarth está a meses de aquí, ¿De dónde lo conseguiste?

–Digamos que lo tenía reservado para una ocasión especial señor Kortéc, hoy, por ejemplo.

–Bueno, ¿Qué esperamos…? –Comentó sonriente Kortéc.

Belpher destapó una botella y comenzó a vaciar el delicioso líquido sobre el tarro de Kortéc, una vez lleno siguió el suyo para así chocar ambos recipientes y degustar del delicioso vino.

–Esto es realmente reconfortante, delicioso, no había probado un buen vino desde que nació mi hermosa Déneve.

–Que bueno que le haya gustado señor, para mí es un honor que haya aceptado la invitación de degustar este vino.

–Bueno, ya sabes, siempre es un honor disfrutar de un buen momento, y pues conozcámonos un poco –respondió Kortéc.

Al paso de unas horas Déneve y su madre los veían desde una ventana de la casa mientras ellos conversaban.

–Entonces son soldados que han viajado mucho por tantos años.

–Así es señor Kortéc.

–Yo también he viajado mucho, pero envejeceré y moriré, eso sino llega otro grupo de ladrones a atacarnos.

–De aquí en adelante no será así, yo lo acompañaré si me lo permite.

–Serías de gran ayuda, siempre se necesitó gente como tú en las caravanas, al final uno tenía que resolverlo o entregar la mercancía y regresar con las manos vacías, ya no más – comentó mientras chocaba su tarro con el de Belpher.

Al paso de unas horas ya se habían bebido poco más de la mitad de las botellas, a ese paso Kortéc y Belpher ya estaban ebrios y contentos.

–Eres un gran hombre Belpher, yo no me equivoco cuando veo a alguien como tú, harás muchas cosas importantes.

–Gracias por el cumplido, haré todo lo posible para que no le falte nada a su hija, prometo que la haré feliz, le daré los artículos más costosos y riquezas que jamás imaginó.

—Tranquilo muchacho, sé que lo harías… pero si así fuera todo, si de eso se tratara, desde hace mucho esta aldea tendría castillos, muros y demás opulentas edificaciones que se impondrían en todo el territorio, pero no es así, aquí no es como afuera, ¿Qué caso tendría? Déneve al igual que Beatyn y todas las mujeres de la aldea necesitan a un hombre que las ame, que las proteja, que las haga sentir el complemento de uno mismo, no necesitan joyas, dinero, oro, necesitan amor y que de vez en cuando traigas algo que las haga sentir especiales, las mujeres de aquí se apasionan por lo espiritual, por los sentimientos, no por lo material, dale un significado a una joya y ellas la aceptarán tanto como una roca o un trozo de pan para comer, necesitas conocer nuestras costumbres un poco más.

—Lo entiendo…

—Desde que te fuiste, mi hija Déneve no dejó de hablar de ti, te ama como no tienes idea y eso me hace feliz a mí, te dare un consejo, sé el mejor que el de ayer, da la mejor versión de ti cada día, hazla feliz, confío en que lo harás.

—Gracias señor Kortéc… de hecho quería decirle algo, deseo casarme con ella.

Ante el comentario de Belpher, Kortéc volteó a ver su mirada, dio un trago a su tarro y sonrió.

—Me lo dijo, la has ilusionado tanto, mi Beatyn está también de acuerdo…

—Mi propuesta es unirnos en la ceremonia más importante de la aldea, en el solsticio de verano…

—Una fecha muy importante para algo tan especial… bueno, tú si te atreviste, tienes muchas virtudes Belpher, puedo verlas, llegarás a ser un buen esposo.

Ante el comentario del padre de Déneve, Belpher sonrió y chocó tarros con él, esa noche, Déneve espiaba a ambos conversando, sonreía ilusionada porque sería la futura esposa de un héroe de guerra, lo más importante estaba decidido, por ahora el tiempo se encargaría de arreglar y dar forma a todo en favor al destino de ellos, para eso debían celebrar y concluir la noche mientras veían el hermoso cielo estrellado en la Aldea de las Tres Crecientes.

XVI

MISIÓN DECISIVA

ranscurrieron varios días en la aldea, como era costumbre, los varones prepararon todo para marchar y las mujeres a desearles buena suerte en su viaje, Beatyn y Déneve se despedían de Kortéc mientras tenía a Belpher cerca ayudando con el equipaje y la mercancía.

–Sabes que siempre te esperamos, no te arriesgues por favor –comentó Beatyn besando a su esposo.

–No lo haré amor mío, ya no, quiero llegar vivo y sano para ver a mi familia.

–Me siento algo apenado, no fui autorizado para acompañarlos, no aún –interrumpió Belpher.

–Descuida hijo, ya llegará el momento, por ahora cumple tu misión de protegerlas hasta que yo regrese –comentó Kortéc al darle una palmada en el hombro.

–Así será señor.

–Hija, cuida bien a este muchacho –concluyó Kortéc mientras Déneve lucía su anilló de compromiso en una gargantilla.

En ese momento, los caballos comenzaron a arrastrar los carruajes, una vez más era el momento de trabajar, Déneve y Belpher dieron media vuelta y se retiraron rumbo a casa mientras eran observados por Eníc, el joven que sufría cada vez que veía a Déneve con su prometido.

–Vamos hijo, no te distraigas, es momento de partir.– comentó el padre de Eníc quien dio marcha a las bestias de carga para partir e integrarse con la caravana.

Mientras la última carroza se internaba por el bosque, todas las mujeres y los menores de edad regresaban a sus actividades domésticas y laborales en el campo.

Belpher comenzó a trabajar arando la tierra detrás del hogar de Déneve, durante los días anteriores él y Kortéc desmontaron esa parte para tener un espacio y poder cultivar algo, mientras lo hacía Déneve lo acompañaba.

–Deberías estar entrenando Belpher.

–Lo sé pequeña pero le prometí a tu padre que mientras no me permitan acompañarlos a las caravanas yo le restaré trabajo aquí, esto será más sencillo para él.

–Ahora él no deja de hablar de ti –comentó sonriente.

–Terminando aquí iré a las barracas con Lireck y Olfor, ellos ya están allá, si gustas vamos pequeña.

Al terminar, Belpher y Déneve llegaron hasta las barracas donde Lireck y Olfor ya estaban descansando después de una rutina de entrenamiento.

–Interceptor, ¿Cómo estás? ¿Qué tal las labores del campo?

–Excelente Olfor, deberías venir, haces más ejercicio que estar jugando con Lireck.

–Oye Interceptor, hago mi mejor esfuerzo, ya puedo derrotar a Olfor sin problema.

–Eso no es cierto, eres lento y perezoso Lireck.

–Eso no dijiste hace un momento escurridizo.

–Vaya que si tuvieron acción –comentó Belpher.

–Por cierto, Phineel te estaba buscado, dice que ya no practicas desde que te la pasas escondido con Déneve.

–Pues dile a ese grandulón que aquí estoy Lireck, espero haya entrenado para poder derrotarme.

–Me gustaría ver que le dieras una lección a ese monstruo, siempre se come las mejores piezas de pan –comentó Lireck.

En ese momento iba pasando Phineel con un grupo de compañeros, era un hombre enorme musculoso y muy alto pues medía casi cuatro metros, su cabello era largo y tenía una larga y poblada barba, a simple vista era un hombre aterrador e intimidante, algo que

Déneve jamás había visto.

—Interceptor, así que te dignaste a venir, señorita, buenos días —Saludó a Déneve.

—Bueno, escuché que andas de hablador y vine a ver que pasaba.

—Me gustaría ponerme a prueba una vez más, creo que ya encontré una técnica para poder detenerte por fin.

—Ya lo veremos Phineel, ¿Quieres practicar?

—Por su puesto, iré por las herramientas tu vete despidiendo de tu novia.

—Ya es mi prometida Phineel —respondió mientras Déneve lo veía toda intimidada.

—Excelente, habrá otra lucha con el grandulón, llamaré a todos —comentó Olfor mientras salió del lugar para dar aviso de lo que se avecinaba.

—Belpher, ¿Pelearás con él?

—Sí, espero no me mate.

—No Belpher, es enorme, ¿Cómo es que no lo había visto?

—El entrena en lugares más lejanos, busca bestias o rivales que igualen su tamaño, casi no se le ve aquí y ahora lo he retado a un combate.

—No Belpher, te va a matar…

—No te preocupes Déneve, quiero que veas esto, Phineel se verá bestialmente monstruoso pero tiene un buen corazón, solo que desde hace años llevamos una "sana rivalidad" en el combate y entrenamos para medir nuestras destrezas, cuando llegamos el verano pasado nos habíamos enfrentado, desde ahí dejamos de encontrarnos.

Déneve acompañó a Belpher hacia el bosque donde llegaron a una explanada adaptada para practicar los combates, Lireck le llevó a Belpher un casco de acero, un pectoral y un largo sable de hoja delgada y reforzada, mientras llegaba, Phineel ya estaba preparado.

—Cuando me dijeron la noticia dejé de hacer todo para estar aquí, que sea un gran espectáculo —comentó Efést al aparecer repentinamente cerca de ellos.

—Bien pequeña Déneve, no temas, esto lo hacemos siempre, solo que ahora es más grande y no habías tenido la oportunidad de verlo —comentó Belpher mientras la aterrada Déneve pensaba que estaba bromeando para no preocuparla.

—Lireck, ¿Belpher alguna vez le ha ganado?

— ¿A Phineel? Sí, todo el tiempo, Interceptor le ha ganado a todos, siempre es el primero en todo, el primero en atacar, el primero en defenderse, en todo, busca los puntos del enemigo donde tenga la oportunidad más probable para ganar, de ahí su sobrenombre, aunque ahora será especial, se pondrá interesante ya que Phineel y muchos de nosotros hemos practicado para detener los ataques de Interceptor, hasta ahora la mayoría hemos fracasado.

—Ya veo, aún así estoy preocupada, es la primera vez que veo algo tan esperado por tantos —comentó Déneve algo temerosa.

Todos estaban en sus puestos, Belpher se había puesto su equipo, comenzó a blandir su sable e hizo una improvisada rutina de calentamiento para así llegar al centro de la arena donde su enorme compañero ya esperaba.

—No hay límite de tiempo ni rounds, el combate termina cuando uno de los dos ya no pueda o reciba daño considerable, la única regla, hay zonas oscuras aquí, queda prohibido hacer descenso Subpenumbral de cualquier tipo, el que cometa esa falta queda descalificado —advirtió Efést.

En ese momento, ya preparado, Olfor chocó dos aceros para dar inicio al encuentro.

—Ya comenzó —comentó Lireck emocionado mientras que Déneve contemplaba estupefacta la situación.

Ambos contendientes se acercaron uno al otro, cada uno con su guardia de combate, repentinamente Belpher dio el primer ataque acompañado de seis más, Phineel era enorme e imponente pero lento y totalmente expuesto contra un experto, ante los ataques de su adversario se limitó a cubrirse, todos estaban eufóricos, Déneve parecía estar más tranquila.

—Vamos Interceptor, no seas blando, atácame…

—Necesitas incrementar tu defensa, de lo contrario dominaré tu guardia y todo acabará.

En ese momento el enorme contrincante lanzó varios ataques con su enorme acero, una pesada espada casi del tamaño de él pero Belpher esquivaba con un elegante estilo y técnica, Déneve jamás lo había visto pelear de esa forma.

— ¿Ese es el arte de la esgrima?

—Así es Déneve, perfeccionada a un estilo que solo él conoce, no hay defensa alguna en su pose de ataque, más sin embargo, si Phineel intenta atacar, él ya habrá leído sus movimientos y el grandulón estará en problemas —comentó Lireck.

El enorme guerrero abanicaba y lanzaba estocadas con la hoja de su acero en mano pero Belpher esquivaba y bloqueaba sin problema, en un momento de distracción Belpher aprovechó su guardia baja para colarse lo más cerca de Phineel, se apoyó de sus piernas y se levantó para así derribarlo sin usar tanta fuerza, nuevamente todos disfrutaban estupefactos el evento.

—Mira Lireck, Belpher es muy fuerte, logró derribar a semejante hombre —comentó Déneve impresionada.

—Interceptor es hábil e inteligente, en realidad no lo cargó, solo aprovechó el peso y la posición de Phineel para hacer el derribo.

—Increíble… —Déneve estaba boquiabierta de ver las habilidades de su amado.

Todos contemplaban de un combate entretenido, Phineel estaba de pie, algo agitado mientras que Belpher aún se le notaba sereno con su sable empuñado cerca de su pecho, en ese momento se puso en guardia y continuó acosando a su enorme contrincante el cual trataba de bloquear y atacar pero apenas se le veía defenderse.

—Vamos Phineel, no has hecho nada en todo el combate —dijo un Centinela.

—Eso no me lo dijiste ayer al enfrentarte a mí pequeño gusano —contestó Phineel mirando a Belpher.

—Quieres que te cuente algo, serás la esposa de un Centinela invencible, Interceptor es el major —comentó Lireck.

—Y vaya que lo es, independientemente de las habilidades Subpenumbrales, esta es la forma que debemos entrenar constantemente, un día no tendremos salida, deberemos valernos por nosotros mismos, esto es lo que realmente nos define como guerreros, luchar como verdaderos hombres —comentó Efést explicándole a Déneve.

Después de que la lucha pareciera aburrida y repetitiva, finalmente, Belpher lucharía enserio ante un alterado rival que a pesar de su tamaño no podía igualar a su adversario, en ese momento Phineel arremete contra él pero Belpher ya lo esperaba, saltó hacia él y de una estocada alcanzó el pectoral de acero de Phineel, algo que no dañó al guerrero pero que en una lucha eso le habría hecho un mortal daño, en otra oportunidad lanzó varios ataques con su sable para que su guardia lo cegara, aprovechando el descuido Belpher se desplazó hasta una de sus piernas donde pateó su pantorrilla haciéndolo caer para así subir sobre esta y abalanzar el cuerpo enorme de Phineel para derribarlo, una vez en el suelo, Belpher subió, se posó a la altura de su pecho y colocó su sable en la garganta de su enorme compañero dando este el final de la pelea, una vez más todos habían presenciado las habilidades de Interceptor, un Centinela invencible.

Belpher ayudó a levantarse a Phineel y le dio un fraterno abrazo en signo de respeto y admiración.

—Algún día te venceré amigo mío…

—Esperaré a que llegue ese día, no te vallas a perder, quiero unos tarros de vino, yo invito —contestó Belpher.

—Gracias Interceptor, por cierto… muchas felicidades por tu prometida, es una jovencita muy hermosa.

—Gracias en verdad Phineel, espero me acompañes a la ceremonia, eres de la familia.

—Así será hermano, así será…

En ese momento ambos se despidieron y separaron sus caminos, Lireck, Olfor y Déneve llegaron para ovacionarlo.

—Hermano, sigues siendo el mismo Interceptor de siempre.

—Gracias Olfor pero casi me gana.

— ¿Qué casi te gana? Por favor, lo dejaste sin guardia desde que empezaste —agregó Lireck.

—Eres el mejor Belpher, todo este tiempo sufría por tu seguridad, si te hubiera dado un golpe.

—Si lo hubiera hecho seguro me derrotaba, en algún momento me arriesgué demás, tuve suerte, si hubiera elegido golpearme hubiera caído y sería derrotado.

—Pues a todos nos dejaste impresionados, es seguro que nadie pueda ganarte ya interceptor.

—Gracias Olfor.

—Un día deberías retar al señor Gálamoth, sería grandioso verlo.

—El señor Gálamoth no compite Lireck, recuerda que él en algún momento pierde los estribos y la ira lo desconcentra, en ese punto sería más peligroso que yo, por eso no me animo a retarlo.

—De cualquier forma sería genial verlo —comentó Lireck.

—Eso sin duda hermano, tengo algo de sed, vamos por agua —comentó Belpher mientras se quitaba el casco y su pectoral para así ir a las barracas a beber algo y tomar un respiro.

—Eres tan habilidoso Belpher —aduló Déneve mientras Belpher secaba su sudor.

—Ya es mediodía en punto, ¿Vamos a entrenar con Déneve o no? —Preguntó Lireck.

—Es cierto Belpher, íbamos a practicar un poco.

—Tienen razón, vamos a hacerlo, es hora de que Déneve también nos de cuenta de todo lo que ha aprendido ella sola durante el invierno.

En ese momento los cuatro amigos se retiraron a su espacio de entrenamiento privado cerca de ahí, de aquí en adelante tendrían tiempo para entrenar en lo que llega el verano, una fecha que sin duda será inolvidable para todos.

Así pasaron varios días, todas las mañanas Belpher visitaba a Déneve para ayudar en el pequeño campo de cultivos que él y Kortéc adaptaron en el jardín de atrás, después de esa actividad, la pareja de enamorados buscaba a Lireck y a Olfor para ir a mejorar sus habilidades, así era la rutina hasta el día en que la caravana mercante de la aldea llegó, todos fueron a buscar a sus padres, hijos y hermanos para darles la bienvenida y ayudarlos a llevar la mercancía obtenida, esa mañana, Kortéc llegó con demasiada carga, había intercambiado mercancía por algunos muebles, Olfor y Lireck se prestaron para ayudarle.

—Me di el lujo de elegir algunos muebles para adornar su casa, eso me ahorrará trabajo de tener que construirlos yo —comentó Kortéc mientras de un lado abrazaba a su esposa y del otro cargaba mercancía.

Ya en casa, comenzaron a abrir los paquetes y los costales para ordenar todo.

—Padre, les fue muy bien.

—Así es Déneve, yo diría que empezamos bien la primavera, tenemos semillas para sembrar, especias, harinas para hacer pan, en fin…

—¿También trajiste lo que te encargué Kortéc? —Preguntó Beatyn.

—Claro que si, hiervas medicinales junto con las más raras especies de raíces de no sé qué…

—Con eso es suficiente… —Respondió Beatyn alegre…

—Por cierto, creo que debes saber algo joven Centinela, algunos de nosotros fuimos a vender más allá de unos poblados ubicados lejos, a varios días de donde normalmente llegamos a comerciar, pudimos ver caravanas militares, al parecer soldados Imperiales, inquisidores…

–Inquisidores… –comentó Belpher mientras miraba a Olfor y a Lireck.

– ¿Dónde los vieron señor Kortéc?

–En Iria, está aún lejos de Terra pero ahí los vimos, de hecho nos detuvieron y preguntaron por nuestras rutas de comercio pero no te preocupes, no somos tontos, dijimos que éramos locales…

– ¿Se cercioraron de no ser perseguidos?

–Así es, después de estar en la ciudadela de Iria llegamos a los pueblos bajos, ahí no había militares del imperio, después de varios días regresamos…

–Interceptor, debemos ir a notificar al líder…

–Creo que debemos irnos… –comentó Belpher.

Déneve notaba preocupado a su amado, por lo que también se notó seria…

–Regresaré más tarde a ayudarles, por ahora debemos pensar en algo… –Belpher besó los labios de su amada y se retiró con sus amigos hacia las barracas para notificar la situación, mientras se alejaban, Déneve comenzó a preocuparse.

– ¿Qué es lo que les pasa hija? Si los imperiales van a venir que vengan y ya, jamás encontrarán la aldea ya lo verás… –comentó su padre mientras ella veía consternada a su amado alejarse cada vez más.

Belpher, Olfor y Lireck dieron la noticia a Gálamoth, al paso de unas horas, Gálamoth convocó a todos sus soldados.

–Honorables guerreros, dada la noticia de algunos compañeros, la caravana mercante avistó hace días a miembros de la Inquisición Rásagardiana en la ciudadela de Iria, ubicada al sur de Terra, ante esto, envié a dos de sus compañeros y confirmaron la presencia enemiga, sabíamos que esto iba a pasar, pero no de manera prematura, ahora debemos actuar, pasarán días para que la Inquisición llegue a Terra, son los únicos en sus mapas que tienen la ubicación de la aldea, debemos seguir con el plan, organicen a sus facciones, debemos actuar ahora mismo, esta noche atacaremos.

Ante las palabras de Gálamoth, Belpher se notó nervioso pero a su vez decidido pues todo dependería de esa noche para poder dar tiempo y futuro a la Aldea de las Tres Crecientes.

XVII

ACORRALADOS

ayó el atardecer, Déneve se encontraba afuera de su casa mirando el ocaso, triste y preocupada por lo ocurrido en la mañana, pero en ese momento llegó Belpher para aliviar todo ese desconcierto, ella lo vio y no dudó en lanzarse a sus brazos y besar sus labios.

—Belpher, amor mío te busqué pero no te encontré.

—Siento haberte dejado aquí pequeña, pero tuve que ir a una parte, lejos de aquí.

— ¿A dónde fuiste?

—A meditar… llegó el día en que la misión comenzó.

—Pero habías dicho que sería después del solsticio de verano.

—Parece que no será así, debemos marcharnos con rumbo a Terra.

— ¿Cuándo te irás?

—Hoy mismo, en la noche…

— ¿Hoy?

—No te preocupes hermosa Déneve, partiremos al anochecer pero en unas horas regresaremos victoriosos y mi recompensa serás tú como mi esposa cuando llegue el verano —comentó Belpher mientras sujetaba las manos de su amada.

—No quiero que te pase algo.

—Voy acompañado de todos los locos que conoces, no me pasará nada —respondió sonriente.

Déneve lo abrazó y besó, una vez satisfecho por el detalle, dio media vuelta y se retiró, dejando a su amada prometida mirándolo alejarse.

Finalmente cayó la noche, la luz de la luna podía casi alumbrar a desenas de siluetas humanas que se desplazaban por el lugar, se trataba Belpher al igual que todos sus amigos quienes lucían elegantes armaduras de acero, su pectoral y hombreras estaban cubiertas por detalles y acabados en forma de enormes plumajes, algunos portaban cascos, otros capuchas que cubrían su rostro, una vez reunidos todos alistaron sus cosas y preparativos.

—Organicen a sus equipos, los de reconocimiento los conducirán a sus destinos en la misión, manténganse juntos y recuerden no dejar a nadie atrás, el señor Gálamoth se ha desplegado con el grupo dos en la ciudadela, El señor Efést va rumbo a la biblioteca con el equipo tres, nosotros deberemos llegar cerca de las murallas de la ciudadela para entrar al templo e ir por los maestros, no importa las vidas con las que acabemos, recuerden que debemos abrirle paso a Interceptor para que llegue hasta el Gran Guardián y terminar el trabajo —Explicó un Centinela a su facción donde Belpher ya se encontraba preparado.

En ese momento, un soldado aparece de entre las sombras e invita a todos a cruzar, el último equipo se había desplegado a la misión.

Mientras tanto, Déneve estaba cenando con sus padres.

—Me preocupó tu novio esta mañana con lo que le dije, lo noté abrumado antes de irse, desde entonces no lo he visto, ¿Pasó algo malo con eso?

—No padre, no creo, solo que eso es parte de su misión lo recuerdas.

—Te refieres a lo de la expansión del imperio de allá afuera, sí es un tema que no dejan todos de comentar, muchos allá afuera quieren que ocurra, dicen que les llegará la prosperidad, así de fácil, ilusos, para eso se requiere de esfuerzo y dedicarse por años, debería darles vergüenza ser tan perezosos, esperar que los salven de sus labores y obligaciones.

—El tenía que notificarlo al esposo de la maestra Sarah, de ahí fue convocado.

—Ya veo, responsabilidades al fin y al cabo, por cierto… ¿Ya lo decidiste bien lo del matrimonio? se me hace muy pronto la fecha.

—Ya Kortéc, si ella quiere que sea en este solsticio de verano que así sea, debemos apoyarla.

—Sabes que no me opongo pero no lo sé, el tiempo pasa rápido cuando solo viajas y viajas, aún te veo como si fueras una niña, y me rehúso a pensar que ya eres una señorita.

—Todos los padres hacen eso Déneve —agregó Beatyn.

—Lo apoyo porque demuestra que es un buen hombre, su apoyo en la aldea nos ha traído tranquilidad y es un hombre que te ama, pero debo admitir que Eníc sería para ti, ese muchacho anda mal últimamente.

—Lo he visto, se le ve muy descuidado y desalineado, ¿Habrá caído en alguna adicción? ¿Ya hablaste con sus padres?

—Se ha vuelto muy problemático, su actitud molesta a los clientes de su padre, no obstante culpa los Centinelas de todo lo que le pasa, seguro es por Déneve… —Afirmó Kortéc.

— ¿Yo? Él es el que cambió de pronto, ya he tenido encuentros incómodos con él, la verdad yo lo apreciaba mucho, lo quería pero se volvió un fastidio, solo habla mal de Belpher y sus amigos como lo dice mi padre, a tal grado que ya no quiero verlo, incluso manda a mis amigas a hablar mal de él, me duele lo que le ha estado pasando pero conozco la razón y no creo que comprenda cuando vaya a hablar con él.

—En fin, el único culpable es él y no tú, ni Belpher, ni nadie, esperemos pronto encuentre paz —Comentó Beatyn.

Después de la charla y de la cena, Déneve recogió la mesa y se fue a su alcoba para así apagar la tenue luz de su lámpara de petróleo y dormir.

Déneve no dejaba de pensar en Belpher, mientras veía la luz de la luna suspiró y dio media vuelta para ir a la cama. Repentinamente, comenzó a escuchar algo que llamó su atención y la alarmó, se trataba de gritos, parecían salir de allá afuera, Déneve abrió la ventana y escuchó gritos de hombres, por diferentes puntos de la aldea, Déneve estaba desconcertada, apenas se dirigía con sus padres cuando debajo de su cama escuchó desgarradores berridos; en ese momento emergió de su cama una silueta extraña, Déneve apenas reaccionó cuando fue embestida por otro que salió de un rincón de su alcoba y el guardarropa, aterrada y estupefacta escapó por la puerta para avisar a sus padres quienes fueron a abrazarla muy fuerte.

— ¿Qué está pasando? —Preguntó su madre aterrada.

—No lo sé, ¡Vámonos de aquí!

—Déneve estaba por irse cuando observó a una de esas criaturas retorcerse hacia ella, Déneve conjuró un hechizo de luz y notó que se trataba de un Centinela el cual jadeaba de dolor mientras se retorcía en el suelo ensangrentado.

– ¡Madre, padre, son Centinelas!

– ¿Qué? ¿Pero cómo?

De su habitación salieron otros cuatro más cargando a sus compañeros y buscar una salida.

– ¡Vamos, muévanse!

Entonces Déneve entendió aterrada lo que había pasado por lo que salió de su casa rápidamente, ya afuera, pudo notar que el mismo fenómeno estaba ocurriendo en todos lados, desde los interiores de las casas aterrando a los confundidos pobladores, hasta en las calles en cada rincón emergían Centinelas cargando a otros, muchos de ellos con extremidades amputadas, Déneve estaba en shock al igual que sus vecinos que menos sabían lo que ocurría en ese macabro momento.

Déneve se abrió paso entre cuerpos que se arrastraban y soldados que la empujaban para tratar de ayudar a sus amigos y compañeros; ella se acercó a un soldado que yacía mirando su alrededor.

– ¡Centinela! ¿Qué pasó? —Cuestionó aterrada pero el guerrero no respondía, solo miraba boquiabierto la situación, en ese momento sin dar aviso desapareció en la oscuridad, Déneve miraba a sus alrededores, entonces comprendió que ellos estaban regresando como podían ante una situación desesperada, su misión había fallado al ver decenas de cuerpos inertes y otros correr por sin ningún lado pidiendo ayuda por los que se retorcían en el suelo aún con vida.

En ese momento escuchó una voz familiar, Olfor estaba cerca.

—Quienes puedan moverse acompáñenme, debemos ir por el resto, rápido reúnanse, otros busquen a las hechiceras, necesitamos apoyo médico.

– ¡Olfor, qué está pasando!

—Déneve, llama a toda hechicera que pueda sanar a los heridos, debo regresar...

– ¡Qué está pasando! —Gritó histérica...

—Nos emboscaron, necesito regresar, por favor consigue ayuda...

– ¡Dónde está Belpher!

– ¡Debo ir por él y por los demás!

–Yo te acompaño Olfor.

–No… Belpher decidió ser el primero en atacarlo y debo ir por él.

–En ese momento Olfor empujó hacia atrás a Déneve quien cayó al suelo con un rostro angustiado mientras que Olfor desapareció entre la oscuridad, en ese momento un Soldado se aceró a ella.

–Señorita, ayúdeme… –comentó el Centinela mientras Déneve veía que le faltaba la pierna izquierda y el brazo derecho.

Déneve presenciaba impotente una aterradora escena que desgarraba sus entrañas, el terror se había apoderado de ella, paralizada por el horror que presenciaba fue tomada en brazos por alguien quien la llevó a un lugar apartado, se trataba de su padre Kortéc quien estaba atendiendo el auxilio de los Centinelas, Déneve reaccionó y miró a su madre utilizando un hechizo para sanar a un soldado seriamente lesionado.

–Hija mantente aquí, vamos a ayudar a todos los que podamos, Kortéc, trae a todos los que puedas –ordenó Beatyn, Kortéc se prestó en ayudar al resto, cuando Déneve reaccionó se dio cuenta que otras hechiceras ya estaban ayudando a los soldados heridos mientras que los varones los acercaban para que ellas los atendieran.

–Déneve, necesito que te quedes conmigo.

–Madre… Belpher…

–Entiendo hija… ve a buscarlo…

Déneve dio media vuelta y se lanzó en la búsqueda de Olfor o algún amigo que le diera la ubicación de Belpher, después de recorrer varias veces todos los rincones de la aldea no encontró señales de ellos, podía ver que algunos Centinelas regresaban pero con las manos vacías, una señal desconcertantemente desesperada para la joven fémina.

– ¡Déneve! –Se escuchó una voz que la hizo voltear hacia el lugar de origen, la joven hechicera se percató que se trataba de Eníc el cual llegó hasta ella.

–Pero ¿Qué es todo esto Déneve?

–No lo sé Eníc, estoy buscando a Belpher.

–Te ayudaré a buscarlo –Respondió Eníc en un tono confiable, Déneve lo miró a los ojos y con un gesto aceptó.

Los dos jóvenes recorrieron cada casa y rincón de la plazuela, todo el lugar, pero entre todos los heridos y aldeanos no había señales de Belpher o de sus amigos, en su camino se encontraron al señor Gálamoth discutiendo con Sarah.

—Todos mis hombres están siendo masacrados por ese monstruo, debo ir allá y enfrentarlo.

—No podrás con semejante monstruo, ve como deja a tus hombres que lo enfrentan, te pasará lo mismo.

—No me importa, debo ir por los que estén vivos y no me detendrás mujer.

—Todo esto es por tu maldita guerra Gálamoth, ahora quieres que te maten para fortalecer mi tormento.

—Sarah, sabes que yo te amo con todo mí ser, pero mis hombres mueren, yo los llevé allá y yo debo traerlos, no me quedaré aquí sabiendo que ellos están siendo cortados como papel.

—No sabes a qué te enfrentas Gálamoth…

—Lo averiguaré —en ese momento, Gálamoth desapareció en las sombras mientras que Sarah estallaba en llanto dando gritos de dolor y de impotencia, en ese momento se acercó su pequeña hija, la joven Samantha llegó abrazar a su madre y llorar por la partida de ese valiente hombre que cambió su felicidad por una gran responsabilidad.

Déneve era testigo del dolor de perder a un ser querido, la angustia de su maestra comenzaba a ser la suya, Déneve quería acercarse a consolarla pero tenía que hacer algo más importante que enfocarse en el dolor ajeno, en ese momento se fue del lugar con Eníc para buscar a su amado.

Déneve estaba cansada, angustiada, no había señales de su amado por ningún lugar, en su trayecto miró horrorizada los cuerpos ya apartados de Centinelas que no lograron sobrevivir, Déneve fue a revisar de cuerpo en cuerpo con la intención de encontrar ahí los restos de Belpher.

—De este lado no está Déneve.

—Gracias Eníc —respondió casi resignada.

Ya habrían pasado algunas horas, Déneve fue con el resto de pobladores a tomar un respiro acompañada de Eníc, sus padres aún estaban haciendo labores de auxilio a los heridos, fatigada pero aún firme, se quedó esperando noticias.

El momento de caos estaba cesando, al parecer los pacientes estaban estables, ya no había Centinelas apareciendo de todos lados clamando por ayuda, al parecer ya había ocurrido lo peor, el resultado era visible a sus alrededores.

—Ya dimos varios recorridos en el lugar.

—Debe estar en algún lado Eníc.

—Pase lo que pase Déneve, estaré contigo apoyándote siempre…

—Gracias Eníc… gracias…

En ese momento, Eníc se aprovechó de la situación para darle un abrazo a Déneve, ella sucumbió ante esa conducta como un posible gesto de apoyo, Déneve comenzó a llorar, temiendo lo peor, no había mucho que hacer más que esperar malas noticias en las próximas horas.

—Creo que desde que pasó esto no he ayudado a nadie, será mejor que me ponga a hacer algo por ellos.

—Yo te acompaño Déneve…

Déneve y Eníc se abrieron paso hacia la plazuela donde estaban concentrados todos los heridos, el ambiente era aterrador, algunos ya habían perecido por la gravedad de sus lesiones y nadie se había dado cuenta, Déneve llegó hasta donde estaba su madre quien estaba cuidando a varios Centinelas que yacían inconscientes.

—Mamá vengo a ayudar…

—Déneve… hija… tu padre fue a buscar a Belpher… no ha regresado…

—Ya lo hice yo también, descuida… estaré contigo apoyándote, ya recibiremos noticias… —Beatyn sabía que su hija no estaba bien y que trataba de ser fuerte.

—Está bien, recogeremos algunas hierbas medicinales…

Apenas Beatyn estaba dando instrucciones cuando apareció un último grupo de al menos veinte Centinelas los cuales cargaban a otros moribundos, esta vez liderados por Gálamoth.

— ¡Déneve! —Le llamó alguien.

Se trataba de Lireck y Olfor quienes cargaban en hombros a Belpher, su condición era grave.

— ¡Belpher! —Exclamó Déneve mientras llegó a ellos.

—Rápido debemos mantenerlo activo, está perdiendo el conocimiento, se asfixia —

comentó Lireck quien con ayuda de Olfor recostaron al moribundo Belpher.

–Su pectoral está prensando su pecho, recibió un golpe tan poderoso que está aplastando su torax, tememos que sus costillas hayan perforado algo, lo peor es que no podemos quitársela, de forzar la parte equivocada lo empeoraremos –comentó Olfor.

–Debemos quitársela, busquemos a alguien… –comentó Déneve mientras miraba sus alrededores pero todos yacían ocupados atendiendo al resto…

–Yo me encargaré hija –comentó Beatyn quien hizo a un lado a los dos amigos quienes veían impotentes la situación.

–En ese momento, Beatyn se acercó a Belpher, se concentró y comenzó a tocar el acero del pectoral, este comenzaba a moverse y abrirse como si se tratara de papel.

–Nunca fui buena en la magia elemental, pero mi fuerte siempre ha sido la manipulación de la materia por medio de la telequinesis –comentó mientras abrió todo el pectoral, en ese momento apartó las rebanadas placas de acero para revisar los daños.

–No dispongo de mucho maná para sanar todo este daño –comentó Beatyn al ver el pecho destrozado de Belpher.

–Debemos salvarlo madre, no debemos dejar que muera.

–Déne… Déneve… –balbuceó Belpher…

–Tranquilo… no hables, todo estará bien… –respondió Déneve tomando su mano.

–Todos han usado su maná aquí hija, llamaré a algunas amigas para que me ayuden con él.

–Yo intentaré sanarlo –comentó Déneve quien comenzó a concentrarse frotando sus manos, en ese momento un brillo comenzó a emanar de sus dedos hasta lograr iluminar cada vez más sus palmas.

–Tu puedes hacerlo Déneve, sana a Interceptor…

–Es imposible… está demasiado dañado…

Déneve escuchó a Eníc e inmediatamente cortó el flujo de energía, intentó hacerlo de nuevo pero no dejaba de pensar en su aparente comentario imprudente.

–No lo escuches Déneve, tú puedes –comentó Lireck.

–Si no estás ayudando mejor lárgate de aquí –comentó Olfor.

–Largarme, esta es mi aldea, ustedes son los que deberían largarse, yo puedo darme el lujo de decirlo, ustedes no –respondió Eníc muy alterado.

—Mira mocoso insolente, ten respeto por los que estamos aquí y lárgate.

—Esto les pasó por su culpa, no por la mía… —Repentinamente, Eníc fue derribado por un fuerte puñetazo de Olfor, al reaccionar, Eníc se levantó aterrado, Olfor comenzó a acercarse a él con el puño cerrado mientras que Eníc retrocedía impotente.

—Ya basta… Eníc… será mejor que te marches… —comentó Beatyn al llegar acompañada de una de las ancianas matriarcas quien en ese momento tomó del hombro a Déneve.

—Tranquila hija, he llegado para salvar a tu futuro esposo —comentó la anciana de una forma dulce.

La longeva mujer extendió su mano y de ella emanó una luz tan radiante que podía cegar a todos los que se atrevían a observar, poco a poco el destrozado pecho de Belpher comenzó a restaurarse ante los ojos de todos, Olfor ignoró a Eníc y se acercó a ver el evento, después de unos minutos, la señora dejó cayó algo agotada, Lireck ayudó a sentarla.

—Él ahora respira, por ahora fue el último al que pude salvar…

Déneve podía ver respirar a Belpher, sus heridas externas aún eran visibles pero su cuerpo estaba restaurado, ante lo ocurrido Eníc escapó del lugar.

—Muchas gracias, debo practicar más esa energía de sanación —comentó Déneve mientras abrazaba a la anciana.

—Es lo último que tuve que hacer, estoy agotada…

—Respetable matriarca, recupere su Maná, usted no debe agotarse…

—Desgraciadamente… debo decirte que este no es Maná del cual pueda restaurase hija mía…

— ¿A qué se refiere? —Comentó mientras veía los llorosos ojos de su madre.

—Ella usó su energía vital para salvarlo…

—Espero que ese hombre te haga… feliz… —comentó la débil anciana.

—Matriarca, por favor no se muera, no se como agradecerle… por favor… —Déneve abrazó a la señora mientras ella sonreía con tal ternura que no podía describirse la paz que podía sentir.

—Hija, déjame ir, he cumplido con algo tan grande… espero que seas feliz…

—Gracias matriarca, muchas gracias…

—Jovencito… llévame a un lugar tranquilo, no creo que llegue a… mañana…

—Lo haré respetable matriarca…

—Tú mano… nadie te ha ayudado… —comentó la anciana quien vio que la mano derecha de Lireck había sido amputada y nadie se había dado cuenta de eso.

—Estoy bien, lo importante es que salvó a nuestro amigo, debo llevarla a descansar.

—En ese momento la anciana tomó el muñón de su mano y lanzó otro destello, así murió la anciana, sacrificando horas de vida en ayudar siempre, Lireck comenzó a derramar lágrimas como un niño mientras tenía a esa anciana en sus brazos.

Déneve y todos estaban dolientes, esa noche habían perdido más que a valientes Centinelas, en ese momento, Lireck y Beatyn se llevaron los restos de la anciana, dejando a Déneve y a Olfor al cuidado de Belpher.

—Déneve…

—Descansa Belpher… ya estás a salvo…

—No tuvimos oportunidad…

—Dime Olfor… ¿Qué fue lo que hicieron? ¿Qué les pasó allá? …

—Yo me dirigía a la ciudadela con mi agrupación, el equipo de Interceptor fue emboscado en los bosques, creímos que por Terranos pero no fue así… allá afuera había algo que los esperaba, cuando nos notificaron fuimos inmediatamente, muchos habían sido masacrados, sus ojos eran destellantes, como los de un Behemoth, pero no, era humanoide, su espada era enorme y de un solo corte rebanaba a nuestros compañeros como si fueran frutas, unos tratamos de distraerlo mientras que otros los sacaban de aquí, a donde fuera, la ubicación más segura era aquí, pero por la situación nadie midió a que punto exacto llegar, la prioridad era estar aquí, al final, no supimos que era, pero esa cosa hablaba, mató al señor Efést mientras intenté buscar a Belpher, al encontrarlo me descubrió, entonces apareció Lireck y nos trajo de regreso junto con el señor Gálamoth.

—No era un Terrano…

—Hasta ahora creemos que es un caído o un Celestial…

— ¿Qué es lo que son?

—En las antiguas escrituras se menciona una guerra Celestial, se trata de la batalla de seres bíblicos que lucharon para definir el destino de toda criatura existente, las descripciones de estos seres humanoides coincide en diferentes culturas, aquellos que lo enfrentamos nos dimos cuenta que poseía una vestimenta acorazada y un arma de grandes proporciones, ni siquiera Phineel con su gran tamaño pudo contra ese ser que medía casi la misma estatura de Interceptor, no sabemos quien sea pero no está del lado de los Libertadores pues con sus amenazas nos comprobó ser aliado del Gran Guardián de Terra, ni siquiera el Pendón de la Reclamación podrá hacerle frente, si Rásagard cuenta con Caídos o Celestiales, este mundo estará bajo su dominio y estaremos condenados, siempre son malas noticias… maldigo el día en que ese imperio tomó fuerza… por ahora debemos llevar a Interceptor a descansar, por lo ocurrido creo que el Pendón de la Reclamación debe enterarse, mientras, nosotros deberemos ocultarnos, dejamos allá a muchos de nuestros amigos, no podíamos recoger todos los pedazos.

–Ese… maldito monstruo… comenzó a devorarlos mientras se retorcían… –agregó Belpher con mucha dificultad para hablar.

–Interceptor descansa, perdiste mucha sangre…

–Jamás… había visto algo igual… no es un Celestial… tampoco un caído… tampoco es humano…

Déneve yacía aterrada por el comentario de Belpher y Olfor, decenas de Centinelas yacían agonizantes mientras que otros ya habían fallecido, solo unos cuantos estaban de pie y algunos de ellos ya no podrían luchar, esa noche los ciudadanos estaban ocupados y al parecer no dormirían debido a la gravedad de la situación; entre heridos y aldeanos corriendo por todos lados, una figura avanzaba hacia los establos de la aldea, se trataba de Eníc que abrió una de las puertas para sacar un caballo, preparó una carga de ropa y alimento, una vez preparado, subió a la montura y comenzó a internarse en el oscuro bosque para así marcharse, dejando todo atrás, su identidad y su pasado, solo avanzó hacia las afueras y siguió adelante, lejos de la Aldea de las Tres Crecientes.

Transcurrieron horas cuando los primeros rayos del alba comenzaron a iluminar el nuevo día, el ambiente en el lugar era sombrío, se respiraba un aire de muerte y de dolor, decenas de muertos y heridos fue el saldo, la mayoría de Centinelas había muerto, de los que sobrevivieron muchos ya no pelearían pues habían perdido extremidades en el encuentro con ese monstruoso ser que los martirizó, al menos unos cuarenta Centinelas estaban de pie, intactos al ser los últimos en enfrentarse a la criatura.

Ante tal situación, Galamoth caminó por la aldea, podía ver a sus hombres que le saludaban con las pocas fuerzas que tenían, otros no podían hacerlo pues habían sido mutilados, algunos en su lecho de muerte agradecían la visita de su líder antes de partir de ese mundo, por ahora no había planes de reserva, misiones especiales, ni mucho menos operaciones de contraataque, Galamoth había perdido algo más que una misión, su esposa e hijas lo encontraron sentado en una banca viendo la magnitud de la situación, simplemente lo abrazaron sin decir una sola palabra.

Mientras tanto, los hombres de la aldea desmontaban toda una extensión de su cementerio para abrir nuevos espacios, cavar tantas fosas como fuera posible, en el transcurso del día se comenzó a meter los restos de aquellos que no lo lograron, poco más de la mitad había muerto esa noche.

Durante el mediodía todos se reunieron para despedir a sus amigos, esa noche murió una de las siete matriarcas, aquella anciana que sanó varios soldados y salvó la vida del prometido de una de las hijas de la aldea, al terminar la ceremonia, todos se retiraron, Gálamoth reunió a sus soldados, a todos los que pudieran desplazarse, el resto tuvo que ser ayudado por los demás.

–Soldados, se acabó, pero mientras estemos vivos la orden de los Cuervos de Acero sigue existiendo, desgraciadamente no habrá más misiones, hace horas me reuní con nuestro líder supremo, le notifiqué lo ocurrido, esta nueva amenaza rebaza no solo a nuestras fuerzas, el Pendón de la Reclamación no tiene la capacidad de enfrentar semejante abominación, esta noche los que ya no pueden luchar no serán desamparados, les espera su retiro, el Libertador nos honra con un espacio en su tierra prometida donde podremos apoyarle de diversas formas en temas bélicos, un acto de gratitud para quienes se ganaron su respeto décadas atrás, el resto puede desertar o continuar, esta aldea no tiene futuro, lo intentamos, pero no hay vuelta atrás, ellos eligieron su destino y nosotros el nuestro, será lo mejor para todos.

– ¿Señor, los que estemos aún activos podremos quedarnos aquí? –Preguntó un Centinela.

–Sí… a pesar de todo podremos seguir aquí… en unas horas, cuando el ocaso marque su punto más tenue todos aquellos podrán atravesar el portal que los llevará a un nuevo hogar, yo me quedaré aquí hasta que la Inquisición venga a reclamar lo que no les pertenece, nos llevaremos lo que podamos y nos marcharemos dejando al resto, no hay otra alternativa, si deciden quedarse será su elección, con nuestro sacrificio lo intentamos, debe quedar claro entre nosotros que esto no fue en vano, nadie esperaba lo que ocurrió, ahora debemos resignarnos, aun así, no hemos perdido la guerra, el Libertador ha encontrado la tierra prometida, un lugar lejos de la inquisición y de esos monstruos.

Ante el comentario de Gálamoth muchos yacían con la moral por los suelos, no había mucho por hacer más que dar media vuelta y retirarse, al terminar todos rompieron filas y se fueron a preparar sus cosas para marchar, antes de separarse Olfor se aceró a Gálamoth.

–Señor, tenga por seguro que nosotros no lo abandonaremos.

–Gracias soldado, ¿Cómo sigue Interceptor?

–Está vivo que es lo importante pero necesita descansar, él a diferencia de muchos fue arrebatado de la muerte pues ya estaba condenado.

–Entiendo, esta tarde se irá con el resto.

–Creo que él no querrá irse señor, tiene un compromiso.

–Es cierto, desposará a esa niña, lo había olvidado, solo espero que sobreviva al solsticio de verano, le hice una promesa, cuando llegue esa fecha yo me encargaré de todo, por ahora debo descansar, he pasado por demasiado al igual que tú Olfor.

–Lo entiendo señor –concluyó Olfor quien dio un saludo militar para despedirse y retirarse de ahí.

Olfor caminó hacia la aldea hasta llegar a la casa de Déneve donde Lireck cuidaba de la entrada.

– ¿Cómo está tu mano amigo?

–Te lo diría pero no tengo mano –respondió con buena actitud.

–Es cierto… lo siento Lireck, ya sabes…

–Tranquilo hermano, solo bromeo, ay que estar de buena actitud –respondió sonriente.

– ¿Cómo está Interceptor?

–Se le ve estable, pero está dormido, se le indujo a un sueño profundo para recuperar sus fuerzas, por ahora no podremos tenerlo aquí…

–Lireck, el señor Gálamoth ha decretado que todo aquel que ya no esté en condiciones de pelear sea retirado de su cargo, esta tarde, en el ocaso marcharán aquellos que ya no puedan pelear.

–Es un lástima que yo no lo haga, me gusta estar aquí –comentó sonriendo a su amigo.

–Te entiendo, no vamos a dejar a Interceptor, mucho menos a Déneve, nos necesitan.

–Exacto…

En ese momento, Déneve salió de su casa para reunirse con sus amigos, se le veía más tranquila pero era obvio que yacía tan preocupada al igual que ellos.

Las horas pasaron, pronto atardeció, el ocaso estaba en el punto más preciso, la explanada donde se reunían los Centinelas estaba ya ocupada por lo que quedaba de ellos, todos con sus equipajes esperando el momento de partir, Olfor, Déneve y Lireck veían a lo lejos como cada soldado comenzaba a avanzar, saludando a Gálamoth y marchando a la sombra de un rincón para desaparecer y no regresar más.

–Bueno… con esos fueron todos… ahora estamos solos… supongo –comentó Lireck…

–Al menos somos suficientes, Interceptor y nosotros con el señor Gálamoth y los demás contamos al menos cuarenta soldados.

– ¿Qué pasará ahora muchachos? –preguntó Déneve.

–Por ahora debemos esperar, no creo que haya órdenes en un buen tiempo, por lo menos hasta que Interceptor esté bien comentó Olfor.

–Vamos a casa… –concluyó Déneve.

Los tres amigos se retiraron de ese lugar, llegaron hasta la casa de Déneve donde su madre Beatyn y Kortéc los esperaban.

Al paso de unas horas, Déneve se despidió de sus amigos los cuales tendrían un lugar dentro de la casa, en el área de la sala para estar cerca ante cualquier necesidad. Belpher dormía en la habitación de Déneve, yacía en un sueño profundo inducido por una droga con el fin de descansar y poder recuperar sus energías pues las heridas de aquella noche casi le costaron la vida, Déneve se cambió de atuendo, entró a la habitación, apagó la luz y se acomodó en una mecedora al lado de su cama para poder vigilar y mantener a salvo a su amado ante cualquier situación.

Así pasaron tres días, una mañana los hombres partirían a desempeñar sus labores comerciales, Déneve y Beatyn fueron a despedirse de Kortéc como era costumbre.

–Ya casi es hora de partir.

–Que tengas un buen viaje padre.

–Gracias hija, vendré cuanto antes, solo iremos a vender algunas hortalizas, creo que nadie piensa quedarse más tiempo allá sabiendo que algo peligroso anda suelto.

–Deben cuidarse Kortéc, quiero que se mantengan juntos.

–Así será, por cierto Déneve, cuiden bien de él, supongo que en siete días el estará despertando.

–Tal vez menos padre.

–Más le vale, en un par de meses será el solsticio de verano.

Después de la charla, Déneve y Beatyn veían juntas como la caravana se retiraba de la aldea para así internarse en el bosque; una vez que la última carreta se perdió en la espesura de este, madre e hija regresaron a casa donde Lireck y Olfor las esperaban.

—Hola muchachos, ¿Algúna novedad? —Preguntó Beatyn sobre Belpher.

—Aún nada, sigue tranquilo, durmiendo cómodamente.

—En unas horas haré la comida, Déneve, necesito que vayas por agua para hacer una sopa.

—Lo haré madre…

Déneve tomó un recipiente y salió rumbo a la plazuela, uno de los lugares donde tenían un pozo de abundante agua, al llegar comenzó a bombear el mecanismo para extraer el líquido cuando notó que alguien la veía, al girar la mirada podía ver de quien se trataba.

—Eníc… eres tú… —comentó Déneve quien continuó con su labor.

—Parece que no estás feliz de verme… —respondió fuera de lugar…

—Creí que te habías ido con los demás…

—No lo hice, decidí darme un descanso…

—Deberías hacer algo con tu aseo personal, pareciera que no te has duchado en días —comentó sin voltear a verlo mientras terminaba de llenar el recipiente.

— ¿Desde cuándo te fijas en el aseo de los demás? —Preguntó pero sin recibir respuesta de ella —¿No vas a contestarme?

—Debo ir a mi casa Eníc, me necesitan…

—Ya veo… pues ve… no te detengo… —Respondió mientras se puso frente a ella mirándola de forma malintencionada.

—Ya debo irme… déjame pasar…

—Déneve, tú eras lo más importante en lo que pensaba durante mis viajes, reuní tantos recursos para poder sorprenderte…

—Eníc… por favor… debo irme…

—Todo lo que hacía para soportar al fastidioso de mi padre era para darte a ti un futuro.

—Eníc… por favor…

—Tu padre me aconsejaba… quería que yo te desposara… me ilusionó de tal forma que no dejaba de pensar en un futuro conmigo, yo puedo darte todo… puedo hacerte feliz…

—Suficiente Eníc… solo has pensado en ti, jamás te ha importado lo que yo siento… antes te consideraba como alguien muy especial, diferente a todos, pero me demostraste que eres tan patán como ellos o mucho peor…

– ¡Mentira! Jamás te diste cuenta de que yo siempre te cuidé, te mantuve a salvo, tantas cosas que hacíamos juntos, las olvidaste… –comentó de forma agresiva…

–Ya me voy Eníc…

En ese momento, Déneve notó que Eníc yacía boquiabierto mirando detrás de ella, al voltear se percató que Lireck estaba en el lugar, había llegado en su ayuda y ahora estaba devorando a Eníc con una intimidante mirada, ante la situación, Eníc comenzó a retroceder intimidado y a retirarse del lugar.

–Ese sujeto es tan fastidioso…

–Gracias Lireck –comento muy sonriente Déneve.

–De nada, debemos protegernos entre nosotros, siendo sincero ese sujeto jamás me inspiró confianza.

–No es mala persona Lireck…

–No lo sé, presiento que ese sujeto se trae algo entre manos…

–Por ahora no creo que sea la amenaza, estará aquí hasta que lleguen los mercaderes…

–No importa Déneve, de aquí en adelante no te dejaremos sola…

–Gracias Lireck…

–Además ya tengo hambre, muero de ganas por disfrutar de esa sopa que prepara tu señora madre…

–Entonces démonos prisa.

–Deja ayudarte con eso, aún me queda una mano.

–Qué bueno que lo tomas con tan buen humor Lireck.

Déneve y Lireck se retiraban conversando amenamente sin darse cuenta que estaban siendo observados por la vacía y traicionera mirada de Eníc quien en ese momento dio media vuelta y se retiró del lugar.

Al llegar a casa, todos se organizaron, una vez que la mesa estaba lista todos se reunieron para disfrutar de la comida y charlar un poco, al terminar, Déneve recogió la mesa y se fue a cuidar de su amado Belpher quien aún dormía, Déneve abrió un libro y se puso a leer con la intención de hacerlo soñar si este escuchaba la historia. Ella al igual que sus amigos anhelaba tanto a que llegara el día en que Belpher despertara para cumplir su promesa en la Aldea de las Tres Crecientes.

XIX

CONDENACIÓN

Tres días después de la última vez que los mercantes marcharon, finalmente regresaron de sus labores, Déneve acompañada de Lireck llegaron a recibir a su padre quien en ese momento preparó todo y se fue con ellos a su casa, en su camino, su padre contaba más de lo mismo, Déneve simplemente sonreía.

–Hija… ¿Cómo está Belpher?

–Pues mejorando padre, solo duerme, mi madre cree que estará por despertar pronto.

Mientras continuaban su camino y llegaban a casa, Olfor los esperaba contento, al verlo, Déneve soltó lo que cargaba y corrió a la casa para ver a Belpher quien finalmente había despertado, con lágrimas en sus ojos pudo notar que estaba lúcido y despierto.

– ¿Cómo te sientes amor mío?

– ¿Qué día es? Me siento cansado…

–Casi ha pasado una semana desde aquella noche…

–Ya veo… ¿Qué pasó en todo este tiempo?

Déneve Olfor y Lireck comenzaron a contar toda la historia de lo sucedido en la aldea, ante esto Belpher contó su versión.

–Parecía ser humano, hablaba como nosotros, caminaba como nosotros, pero sus ojos brillaban como dos luceros rojos, yo me lancé al ataque con la intención de degollarlo pero su cuello estaba protegido, al intentar apuñalar su pecho me di cuenta que estaba acorazado, en eso me dio un puñetazo y me lanzó hacia mis amigos, el resto corrió hacia él, muchos utilizaron en descenso Subpenumbral para buscar un punto débil y atacar pero nada funcionó, ese monstruo materializó una enorme espada, más grande que la de Phineel, podía blandirla con una sola mano, sin esfuerzo alguno, de nada sirvieron nuestros ataques, vi como los masacraba, me levanté y lo enfrenté, fue entonces que en un descuido me dio semejante golpe, intenté esquivarlo lo más que pude y su espada hizo que me tropezara hacia atrás con el cuerpo de un hermano caído, tendido en el suelo intenté descender a las sombras pero me sujetó de un pie, me estrelló en el suelo y me dio tremendo pisotón el cual aplastó mi pectoral, poco a poco comencé a asfixiarme.

—Lireck y Olfor te trajeron en una situación crítica.

—Casi no podía moverme, apenas respiraba, durante el combate comencé a ver como ese monstruo tomó las extremidades cortadas de algunos y las comenzó a devorar, jamás había visto algo similar…

—Lo bueno que ya estás bien amigo, una de las siete matriarcas murió esa noche, utilizó su energía para restaurar lo que quedó de ti, al morir hizo un último sacrificio, detuvo mi dolor y el sangrado —Contó Lireck al mostrar su mano a Belpher.

—Ya veo… no tengo palabras para poder agradecerle…

—No hay problema Interceptor, lo hicimos por ti, todos, Gálamoth nos dio instrucciones nuevas, nuestra misión fue la última aquí en tierras Imperiales, los pueblos convencidos ya están lejos de cualquier planicie, este sería el último pero tal parece que vamos a dejarlo cuando la presencia de la Inquisición llegue.

—Entonces ya no hay nada que defender…

—Lo siento amigo, de hecho los que nos quedamos estamos disfrutando de las vacaciones, el señor Gálamoth está con su esposa y nosotros contigo, esperaremos hasta el solsticio de verano para acompañarlos a la ceremonia de su union —comentó Olfor refiriéndose a Belpher y a Déneve.

—Gracias amigos.

En ese momento, Belpher intentó levantarse pero apenas buscaba ponerse de pie comenzó a tambalearse, Olfor lo sostuvo y lo regresó a la cama.

—Lo siento, creo que ni siquiera puedo caminar, vaya guerrero que resulté ser.

—Nadie sobrevive a lo que te pasó Interceptor, ese monstruo me arrebató la mano al descender al portal de escape junto con Olfor, no hubiéramos sobrevivido si el señor Gálamoth no se le hubiera enfrentado —comentó Lireck.

—Aún no estás en condiciones Belpher —comentó Déneve quien lo abrazó y besó.

Al paso de unas horas, Déneve, Lireck y Olfor salieron por agua y algunos insumos a la plazuela de la aldea, al llegar se pusieron a bombear agua para llenar otro recipiente cuando se dieron cuenta que algo no estaba bien, algunos aldeanos comenzaron a detener sus actividades y a mirar hacia la entrada del poblado.

— ¿Qué es lo que están viendo Lireck?

—Son soldados… Déneve… —respondió.

—Iré a advertir a Gálamoth… —comentó Olfor quien salió rápidamente del lugar…

— ¿Son de la Inquisición imperial?

—Peor… Terranos…

Déneve comenzó a fijar la vista y alcanzó a ver a un grupo de jinetes a caballo los cuales estaban llegando a la plazuela, eran veinte soldados vistiendo lujosos uniformes en color negro y armaduras con detalles en plata, entre esos hombres había uno diferente al resto, lucía una imponente gabardina que cubría los detalles de su uniforme, este portaba un parche que cubría desde la frente hasta el pómulo izquierdo de su rostro, su aspecto era intimidante y más por su ojo derecho que no era algo común de ver pues era color sangre, como los de un demonio.

—Saludos viajeros, ¿A qué debemos el honor de su visita? —Invitó un aldeano de edad madura.

—Venimos por respuestas, sabemos que esta aldea está siendo amenazada —respondió el hombre del parche en el ojo mientras miraba a los alrededores de una forma amenazante, al verlo, Déneve estaba aterrada.

— ¿Amenazada? Pero nadie aquí está amenazado señor.

—Eso esperábamos escuchar, llévenos con sus autoridades, deben saber el motivo de nuestra presencia —respondió el Terrano quien al parecer era el líder del grupo.

—Así será señor… —respondió el aldeano…

—Estén atentos, puedo sentir sus presencias, sé que están cerca —déneve escuchó al hombre dar instrucciones al resto de soldados.

– ¿Qué es lo que quieren Lireck?

–Ese sujeto me miró, sabe quién soy… debemos irnos Déneve, ellos saben que vivimos aquí… –comentó Lireck.

–Los aldeanos los llevan hacia las matriarcas, están indefensas ante ellos, debemos hacer algo Lireck.

–Saben que estamos aquí Déneve, lo mejor será irnos de aquí…

–Oye Lireck, tenemos órdenes, ve por tu equipo inmediatamente, las cosas tal vez suban de nivel, al parecer alguien les dijo que estábamos aquí… –comentó Olfor desde una de las sombras.

–Déneve, ve con Interceptor y quédate ahí hasta que volvamos –dijo Lireck quien en ese momento utilizó el descenso Subpenumbral para desaparecer, dejando a la joven hechicera temerosa por la situación.

Déneve estaba asustada por la presencia de esos sujetos, al no tratarse de Inquisidores era seguro que su visita a la aldea era señal de malas noticias, la joven hechicera no sabía que hacer por lo que mejor fue a su casa por sus padres y Belpher.

Al llegar a casa, Déneve fue recibida por su padre quien al igual que el resto ignoraba la situación.

–Padre, vinieron soldados Terranos, ¿Qué debemos hacer?

–Terranos… ¿Pero por qué vendrían?

–Olfor sospecha que alguien los trajo, debemos ocultar a Belpher para que no descubran.

–Debemos irnos de aquí Déneve, si los Terranos llegaron hasta acá entonces estamos condenados nosotros, incluyéndolos a ustedes.

–Padre ayúdame a llevar a Belpher, debemos escondernos.

En ese momento, Kortéc cargó en su hombro a Belpher.

–Hija, vamos a ir colina arriba, lejos de la aldea, tu madre había ido a una reunión con el consejo de matriarcas.

– ¡No!

– ¿Qué es lo que ocurre?

–Ellos están allá, debo ir por ella, tu saca a Belpher de aquí…

–Ten cuidado hija, dudo que las matriarcas entreguen a los Centinelas y que los

Terranos ataquen un pueblo lleno de inocentes.

—Para viajar tanto no conoce lo despiadados que son los Terranos… debemos irnos de la aldea, no puedo hacer un descenso Subpenumbral yo mismo en estas condiciones pero Lireck y Olfor si, busquémoslos y vámonos cuanto antes —sugirió Belpher mientras que salía con la ayuda de Kortéc.

Déneve ignoró todo, fue a toda velocidad a buscar a su madre, pasó por la plaza hasta poder ver a lo lejos a los Terranos salir de los aposentos matriarcales para así dirigirse a sus caballos y tal vez marcharse, mientras se acercaba podía apenas escuchar como ese aterrador sujeto del parche amenazaba a la maestra Sarah mientras algunos pobladores se mostraban temerosos y otros molestos.

—Solo espero que ya se vayan y no regresen —comentó una aldeana cerca de Déneve.

La joven hechicera buscaba a su madre pero no la encontraba, apenas iba a dar vuelta cuando contempló como los veinte soldados fueron sorprendidos por los Centinelas quienes aparecieron entre las sombras y atacaron, aquel sujeto vio a sus hombres caer y se lanzó en contra de ellos los cuales intentaron sorprenderlo pero el sacó un extraño instrumento del cual materializó una enorme espada con hoja oscura y atacó a los Centinelas, de un solo tajo alcanzó a matar a tres que buscaban bloquear semejante y poderoso ataque, entonces, Déneve recordó las historias de Olfor, Lireck y Belpher al coincidir con la descripción, ese sujeto se trataba del monstruo al que habían combatido la noche de la tragedia. Déneve se metió entre toda esa gente para buscar a su madre mientras que Sarah comenzó a luchar contra ese enemigo.

— ¡La señora Sarah está atacando a ese sujeto, debemos ayudarle! —Exclamó una de las mujeres que dejó su canasto de legumbres y se prestó a la lucha, ante el exhorto, más se sumaron a la batalla, algunas de ellas comenzaron a levitar algunos metros de altura para lanzar diferentes conjuros elementales y detenerlo.

— ¡Déneve! ¡Hija! ¡Beatyn! —La joven se percató que era su padre quien las llamaba.

—Padre, no encuentro a mamá.

— ¡Tenemos que irnos de aquí, ella deberá ir a buscarnos, vamos! —Kortéc tomó de la mano a su hija y comenzó a jalarla para sacarla del lugar, pero un proyectil mortal lo alcanzó, se trataba de un sable Terrano que lo atravesó desde su espalda al pecho, haciéndolo caer ante la mirada atónita de su hija.

— ¡Padre! –Déneve volteó hacia atrás y podía ver que se acercaba una llamarada caminando hacia ella, se trataba del Terrano el cual estaba envuelto completamente en llamas, como si se tratase de una criatura de pesadilla, este no parecía quejarse del fuego que abrasaba todo su ser, incluso parecía no ser consumido por estas, él aterrador sujeto recogía aceros y otros objetos para lanzarlos indiscriminadamente a quien se atravesara en su trayectoria, en ese momento se apagó para dejar ver una aterradora armadura de acero la cual poseía un faldón de afiladas hojas y un par de patas mecánicas las cuales se materializaron para ayudarlo a saltar y alcanzar a las hechiceras que se encontraban levitando en diferentes direcciones.

— ¡Saquen a todos los niños, váyanse de aquí! –Gritó Sarah mientras recorría por los aires el área a la redonda.

Déneve yacía impotente, podía ver que su padre agonizaba pero no podía hacer mucho por él.

–Debo sanarte padre, espera…

–No… no… es tarde… vete… –dijo al suspirar por última vez.

Déneve en medio del caos lloraba a los restos de su padre cuando llegó alguien para sacarla de ahí.

–"Por el sueño libertario", lo siento mucho Déneve, ¿Pero qué hacían aquí? –Preguntó Olfor quien levantó a Déneve para así llevársela.

–Mi madre, no sabemos dónde está… veníamos por ella…

–Debemos irnos, ella debe estar bien…

En ese momento, al voltear a su alrededor, Déneve y Olfor miraron a alguien familiar, se trataba de Eníc gritando al aterrador guerrero demoniaco.

–No, a la gente no, a los Cuervos de Acero… ¡Mata a los Cuervos de Acero! ¡No a la gente! –Gritaba de forma escandalosa y alterada cuando una mujer que levitaba a tres metros de altura se le acercó.

–Hijo, vete de aquí, ese guerrero es invencible, te daré tiempo de escaper –se trataba de la madre de Eníc quien llegó para sacarlo de ahí, la mujer comenzó a levantar varias rocas con el poder de su mente y se las lanzó al adversario quien las hacía añicos con los poderosos puñetazos con las que la recibía, en un momento de tensión el intimidante asesino se lanzó sobre esa mujer y de un tajo la partió por la mitad en diagonal de abajo hacia arriba dejando caer dos partes de ella frente a su aterrado hijo.

–Ma… madre…

Déneve y Olfor comenzaron a irse del lugar cuando Olfor encontró un rincón del cual podían escapar.

–Me dijeron que venían por los Cuervos de Acero… ¡Los Cuervos de Acero! –Gritó histérico ante los oídos de aquellos que alcanzaron a escuchar pero que solo Olfor y Déneve entendieron bien…

– ¡Maldito malnacido! –Exclamó Olfor mientras Déneve veía que toda la aldea comenzaba a ser devastada por ese sujeto quien dio un salto más allá de la plazuela.

– ¿Qué está haciendo Olfor?

–Se dirige a donde hay masas, ¡Pretende matar a todos los que intenten escapar o luchar!

–No debemos permitirlo Olfor, las hechiceras y sus esposos van para allá para enfrentarlo.

–Todo está perdido, aprovechemos este momento para retirarnos.

–Mi padre se había llevado a Belpher lejos de aquí debemos ir por él pero antes tenemos que defender la aldea o no quedará nadie.

–Entiendo tu preocupación Déneve, pero este lugar está condenado, vámonos de aquí.

– ¡No! Yo nací aquí, crecí aquí y estoy viendo gente morir, mi padre murió y no voy a permitir que más mueran.

–Déneve, es una locura, esta es la única oportunidad de sobrevivir y evacuar sin ser alcanzados –comentó en un tono más temeroso.

–Haré lo que me he decidido hacer, si quieres vete Olfor, yo pelearé, busca a Belpher y ponlo a salvo –en ese momento se dirigió a donde estaba la zona del caos.

Olfor había sido dominado por el miedo y la desesperación a tal grado que decidió dejar a Déneve para desparecer y asegurar su vida.

Entre escombros y restos humanos aplastados y mutilados, Déneve veía con terror e ira los cuerpos de mujeres, niños y ancianos los cuales yacían regados por el lugar, ese monstruo no conocía la piedad, Déneve debía hacer algo por lo que continuó siguiendo el rastro de destrucción, Déneve avanzó unos pasos y entre los desafortunados encontró dos caras conocidas, la joven hechicera veía indignada los cuerpos de Alyn quien había sido decapitada y Layra quien fue desmembrada con tal ira que solo su torso y cabeza quedaron intactos ante semejante ataque, tal pareciera que también intentaron enfrentarlo y ese fue el resultado.

Déneve no miró atrás y continuó su camino.

–Déneve… espera…

La joven hechicera miró a un costado y encontró a Lireck en total agonía, su cuerpo había sido rebanado, solo podían apreciarse sus vísceras saliendo de su abdomen.

–Lireck… –se acercó con lágrimas en sus ojos.

–Ya es tarde… tranquila… lo intenté, pero… con solo una mano… tu sabes…

–Lireck…

–No llores, ve por Interceptor y escapa, esa criatura no te ha visto…

–No Lireck, ya me cansé de correr y huir, de ser protegida por mis miedos, de no poder hacer algo por estar aterrada, de ver morir y luchar a otros por mí, no me han dado oportunidad de derramar mi sangre por ustedes.

–Déneve… Déneve… –comento mientras veía temeroso hacia una dirección.

Ella giró su cabeza y contempló de frente al aterrador verdugo que la miraba fijamente, la joven volteó a ver a Lireck pero él ya había fallecido, lo último que sus ojos vieron fue lo que podría llamarse "el momento en que Déneve perdió todo, hasta su miedo". Ella cerró los ojos de su amigo, dio media vuelta y comenzó a acercarse a él mientras que ese demoniaco guerrero no dejaba de verla con ese intimidante ojo rojo.

– ¡Monstruo! ¿Por qué nos haces esto?

–Por años he buscado a estos asesinos para ajustar cuentas con ellos en nombre del temple…

–Asesinos… ¡Mira a tu alrededor! ¿En qué te convierte a ti matando inocentes?

–Los Cuervos de Acero son buscados por la orden durante siglos, pagarán por todos sus crímenes hasta que no quede ninguno vivo, aquellos que se alíen o amisten con semejante escoria también deben ser castigados en nombre del Redentor.

–Eres… maldad pura…

En ese momento Déneve se quitó su capa y capucha para tener mejor movilidad, comenzó a levitar de una forma más lenta y agresiva, de sus manos comenzó emanar luz y a su alrededor se comenzaron a materializar pequeñas esferas luminiscentes las cuales emanaban destellos en color verde, la mirada de aquel sujeto comenzó a notarse dudosa, en ese momento fue sorprendido al ser impactado por una de esas esferas, como si se tratase de una bala de luz, el sujeto había retrocedido unos pasos luego de ser impactado, sin pensarlo, Déneve disparó diferentes ráfagas, su armadura parecía ser impenetrable pero sentía que podía dañarlo pues con cada ataque recibido se le veía agitado y desconcertado por la fuerza de impacto por el cual era lastimado.

Desesperado al no poder acercarse, dio un salto con unas extrañas patas de acero que salieron de su espalda baja, tomó impulso y al caer de nuevo al suelo se dirigió a gran velocidad hacia donde Déneve se encontraba, pero en un instante ella activó su escudo de energía el cual la protegió del choque, el sujeto rebotó con el impacto, al llegar al suelo fue recibido por una ráfaga de proyectiles de luz la cual hicieron soltar su enorme y pesada espada, Déneve estaba dominando a la bestia.

En ese momento, el sujeto extiende su mano izquierda y materializa un escudo de acero el cual comenzaba a bloquear los ataques de la joven Déneve quien al ver esto intensificaba el poder y la cadencia.

—En este pueblo no había encontrado amenazas como tú.

—En toda mi vida me aterraban con historias sobre los peligros de allá afuera, pero jamás imaginé que hubiera abominaciones como tu maldita existencia.

Déneve concentró su poder para hacer esferas de plasma más grandes y dispararlas contra su enemigo, mientras lo hacía, el Terrano fue por su espada con escudo en mano esperando los ataques; una vez que Déneve estaba lista, levitó unos metros más arriba y disparó la ráfaga de pesados y destructivos proyectiles de luz, pero al lanzar el último se percató que su adversario había dado un enorme salto el cual tenía el ángulo perfecto para dar un tremendo golpe con su espada y penetrar el escudo de energía, al impactar Déneve fue azotada al suelo con su escudo aún activo, el sujeto cayó encima de este y comenzó a dar semejantes y poderosos golpes para quebrar el campo de fuerza de la hechicera, Déneve no podía concentrarse del desconcierto al ver semejante y bestial comportamiento de su enemigo por lo que asustada mantuvo su escudo activo.

Mientras tanto, entre devastación, muerte y desolación, alguien se movía de una manera torpe y débil, sus pasos cada vez eran más pesados y su vista más cansada, se trataba de Belpher quien yacía abandonado en el centro de la plazuela cuya estructura estaba por irse abajo, en un momento de agonía se sentó a descansar, –"Déneve… Déneve…" musitaba temiendo lo peor.

–Bel…pher…

Ante el llamado, Belpher miró a todos lados, se levantó y con dificultad se acercó hacia donde fue nombrado.

–Señora Beatyn, no puede ser.

Belpher podía contemplar impotente a la madre de Déneve, yacía posada en una barda derrumbada, había perdido ambas piernas y agonizaba.

–No encuentro a Déneve, necesito sacarla de aquí señora Beatyn…

–Ya es tarde para mí… pero Déneve fue a buscar a ese monstruo, debes encontrarla y salir de aquí con ella…

–Apenas puedo moverme, soy una decepción señora Beatyn…

–No… eres nuestro Centinela Belpher, ve allá y salva a mi hija… a tu futura esposa…

En ese momento Beatyn tomó de la mano a Belpher y de esta comenzó a emanar una luz tan radiante que lo cegó, Beatyn compartía sus últimas energías, una segunda oportunidad que no sería utilizada vanamente. Belpher cerró los ojos de Beatyn y la recostó en el suelo, así se puso de pie, fortalecido y lleno de energía.

Mientras tanto, el agresivo guerrero insistía en romper el escudo de la acorralada hechicera, cuando finalmente lo logró, dejó a Déneve indefensa, en ese momento recibió un fuerte puñetazo en su rostro el cual casi la hizo perder el conocimiento, fue tomada del cuello y levantada poco más de la altura de su captor.

–No importa que tan poderosa sea una bestia… siempre habrá otra más grande… –dijo el intimidante sujeto…

Aquel verdugo lanzó varios metros a Déneve, impactándola en una pared y después al suelo, la joven estaba derrotada, apenas podía levantarse y ver como ese sujeto se acercaba a ella.

–Algo es seguro, cuando el coloso de fuego esté en el punto geométrico del ocaso, todo habrá terminado…

– ¡Alto!

Antes de dar dos pasos hacia a Déneve, el verdugo de acero volteó a su espalda.

–Déjala en paz Terrano… ya no derrames más sangre inocente –se trataba de Belpher quien apareció oportunamente para detener a semejante enemigo.

–Aquí no hay sangre inocente, todos están marcados por el signo de la impureza que corrompe su oscura alma.

–Solo déjala que me la lleve, ella no tiene nada que ver con todo esto…

–No, morirá, después le seguirás tú…

–Ella no es tu enemiga, solo defiende su hogar al que le has arrebatado, solo déjala que se vaya.

–Mi misión no ha terminado, conozco la clase de trucos que saben hacer, no importa a donde vayan, yo los buscaré hasta el fin de este mundo, no les permitiré dormir, no descansarán, siempre estaré buscándolos y los encontraré con cada pista que dejen.

Belpher sabía que haciendo un movimiento en falso y ese sujeto asesinaría a Déneve.

–Tienes razón, no importa a dónde vayamos, todo esto debe terminar aquí, yo soy el último Cuervo de Acero… ¿Es lo que estás buscando no? –Desafió Belpher, su comentario atrajo la atención del verdugo.

–Sé que muchos de ustedes huyeron cobardes, sé que no eres el último –dijo el verdugo quien se proponía a asesinar a Déneve.

–Dime algo… ¿Estás buscándonos por lo de Doomtany Terrano? –Cuestionó firme…

El comentario hizo detener al guerrero acorazado.

– ¿Es más una venganza que una misión?

En ese momento comenzó a respirar de forma más lenta y profunda.

–No creo que hayas estado ahí pues nadie sobrevivió esa noche, más bien, tu impotencia al no poder hacer algo por ellos fue lo que desató tu odio –dijo Belpher quien hizo voltear a semejante enemigo para así mirarlo de una forma intimidante mientras se acercaba a él, alejándose poco a poco de Déneve.

–Yo si estuve ahí y juré que me vengaría…

–Debiste haberte Escondido –respondió mientras el ojo de aquel sujeto comenzó a emanar un brillo color al rojo vivo.

–Cuando acabe contigo, seguirá ella, voy a hacerla reflexionar sobre el error que cometió al aliarse con ustedes mientras la rebano lentamente y que sus gritos de arrepentimiento purifiquen sus pecados –respondió intimidante.

–Déneve, esto se termina hoy, no vamos a escaper, no con semejante perseguidor, pero quiero que sepas que te amo.

—Belpher… —murmuró Déneve mientras comenzaba a recuperarse.

—Qué esperas monstruo, termina tu misión, aquí estoy… si no me acabas, hoy, mañana o tal vez en otro día mataré a cuanto Terrano me encuentre, mientras me busques iré por tu Gran Guardián y lo decapitaré, junto con todos tus aliados, en mi inmortalidad buscaré la forma de detenerte hasta el final de los días —amenazó mientras el verdugo con espada en mano se acercaba a él.

En ese momento, Belpher suspiró, empuñó su acero y se lanzó al ataque, sin posibilidades de sobrevivir, Déneve apenas comenzaba a recuperarse cuando vio el acontecimiento.

—Belpher… ¡No! —Exclamó la joven fémina mientras que en un movimiento rápido Belpher esquivó la enorme espada de su enemigo para así sujetarlo de su brazo acorazado y utilizar sus habilidades Subpenumbrales para desaparecer junto con él dejando a Déneve sola en ese lugar.

Belpher… no…

La joven comenzó a llorar mientras se recostaba boca arriba para intentar recuperar sus fuerzas.

Mientras tanto, en la misma aldea, Belpher emergió con su adversario en el interior de una bodega ubicada en la plazuela, al salir se puso en guardia para esperar al verdugo.

—Escúchame bien monstruo, no fue mi elección hacerle daño a tu gente en Doomtany, fue una misión que debió hacerse por que matarían a inocentes como ya lo ha hecho la orden de donde provenimos.

—Hablas demasiado, no tienes idea del daño que hiciste.

—Ignorando tú alrededor tampoco tú la tienes, pero esto acaba aquí, te reto a un duelo, sin armaduras, sin magia, solo tú y yo, no rechaces mi duelo, como ex templario Terrano conozco la ley —comentó Belpher mientras que su adversario miraba su alrededor.

En ese momento el acorazado enemigo encajó en el suelo su imponente espada y comenzó a caminar sobre los restos de algunas personas donde pudo ver a los Terranos caídos que lo acompañaron en su trayecto, en ese momento revisó a uno de ellos y sacó una gran espada de dos manos aún en su funda, el sujeto se acercó a Belpher y de una forma impresionante su coraza blindada comenzaba a moverse con un extraño mecanismo la cual se iba abriendo y desmaterializando, dejando ver el cuerpo del guerrero.

–Doomtany… en ese entonces usé una espada Claymore similar a esta… ese lugar fue mi tumba por mucho tiempo… este parche es solo el recuerdo de esa noche y el portarlo me mantiene activo en pensar lo que debo hacer… –dijo el Terrano mientras lo desabrochó, tenía una cicatriz que se extendía por todo su ojo izquierdo el cual estaba intacto, en ese momento desenfundó la espada Terrana.

–Sin más trucos Cuervo de Acero…

–Sin trucos… ni armaduras mágicas…Terrano…

Y así inicio el combate, la batalla por la supervivencia y el ajuste de cuentas de un pasado estaban en disputa, Belpher no se dejaría vencer, conocía la peligrosidad de su adversario, los soldados Terranos eran peligrosos por sus diversas técnicas de combate aplicadas en ataques mixtos, ante los ataques de su adversario, Belpher esquivaba y contraatacaba con su sable pero algo andaba mal, las habilidades de su adversario eran superiores, Belpher no podía alcanzar la velocidad de los reflejos del Terrano quien en oportunidades por descuido daba imponentes ataques con la pesada espada Terrana, debía ser cuidadoso, sabía que los Terranos eran peligrosos pero este era algo especial pues su velocidad no se comparaba con ningún otro adversario al que él hay enfrentado.

Belpher utilizó fuertes ataques con las técnicas de esgrima que mejor conocía cuando en ese momento se le acercó lo suficiente intentó cortarle el cuello pero el Terrano esquivó su ataque y con un puñetazo en el rostro rompió su guardia, el Centinela se recuperó y se lanzó de nuevo al ataque, entre golpes de espadas y esquivos, ambos contendientes se repelían uno al otro, de cada ataque del Terrano, el Centinela daba siete pero a pesar de la cadencia de golpes ninguno se hacía daño, Belpher debía buscar la forma alcanzarlo o se agotaría.

En otro intento por acabar a su enemigo, Belpher buscó la manera cambiar el peso de la balanza por lo que se colocó en posición de ataque y se lanzó con un puñado de estocadas directas a diferentes puntos de su adversario pero este continuaba esquivando y bloqueando, Belpher comenzaba a agotarse, ante la situación, su adversario no decía una sola palabra, solo lo miraba fijamente con sus destellantes ojos color sangre, Belpher comenzaba a resignarse, era una batalla a muerte, un duelo que no podía ser interrumpido ni violado bajo los términos que se dieron, cometer alguna falta podría asegurar su victoria o su supervivencia, pero viniendo de honorables guerreros sería más una carga vivir eternamente con semejante vergüenza, por ahora comenzaba a Resignarse, recordando cada momento durante sus viajes, cada instante con su amada Déneve, el motivo por el cual estaba luchando y dando todo. Belpher no iba a rendirse por lo que continuó luchando por quien más amaba, en ese momento incrementó el número de ataques y su velocidad para esquivar y arremeter, debía mantener ese ritmo hasta que su adversario dejara un espacio donde pudiera atacar. En un ataque de ira y desesperación, Belpher se lanzó con todas sus fuerzas para clavar su sable en el pecho de su adversario pero este lo bloqueó con un ataque de abajo hacia arriba, el fuerte choque de aceros desconcentró a Belpher y cuando menos lo esperó, la enorme Claymore atravesó su abdomen terminando así el combate, Belpher se arrodillo babeando y escupiendo grandes cantidades de sangre, mirando la serenidad con la que lo veía el vencedor.

–Dé...Dénev... Dénev...

–Debo admitir que diste buena pelea y que fuiste honorable en todo el combate, eres buen guerrero pero muy peligroso asesino, ahora debo asegurarme de que no huyas entre las sombras.

En ese momento, el Terrano lo tomó del cuello y lo levantó por unos minutos hasta que ya no tuviera fuerzas incluso para concentrarse, una vez que daba los primeros espasmos delirantes, el Terrano lo soltó.

–Suficiente... ahora debo ir por la hechicera... –comentó el Terrano mientas que Belpher cayó con semejante acero incrustado en sus entrañas, el Terrano dio media vuelta y se marchó caminando hacia donde Déneve se encontraba. Belpher solo miraba impotente, su fracaso e impotencia al no poder hacer algo para salvarla lo hacía sentir una agonía más dolorosa que la que sentía físicamente, todo había terminado para él.

El cielo comenzaba a reducir la intensidad de luz para dejar contemplar un triste y sombrío atardecer. Ignorando lo ocurrido, Déneve comenzaba a restaurar el maná que había perdido durante su combate contra el abominable asesino de la aldea.

–Belpher... –Déneve intentó levantarse cuando una inquietante tranquilidad invadió el lugar.

Ella comenzó a arrastrarse hacia lo que quedaba de la pared de una edificación, no escuchaba ningún ruido que diera señales de combate o de alguna persona, solo podía escuchar las hojas de los árboles que se mecían con el viento y las llamas consumiendo la aldea.

Repentinamente, Déneve comenzó a escuchar murmullos.

– ¿Belpher…? –Hablaba algo temerosa…

–Es ella… es… ella, es increíblemente hermosa… no es nada frágil, es poderosa… silencio o te escuchará, nos escuchará el monstruo y la matará… el monstruo viene hacia acá…

Déneve escuchaba a la misma voz hablar y contestarse, sabía que la estaba observando en alguna parte pero ella no sabía de donde provenía pues se escuchaba en todos los rincones por lo que ella intentó levantarse y salir de ahí, pero algo extraño ocurrió con ella, su respiración comenzaba a tornarse más pesada, su aliento cada vez era más pesado, sus manos comenzaban a sentirse pesadas, cada paso que daba la hacía perder movilidad, la joven hechicera miró sus manos y estás comenzaban a tornarse pálidas, sus pies y piernas dejaron de moverse haciendo que Déneve cayera al suelo mirando al cielo, estaba asustada, no podía hablar o gritar, su cuerpo yacía petrificado, aterrada, movía sus ojos de lado a lado tratando de luchar contra esa fuerza que la mantenía inmóvil, su piel comenzó a reafirmarse con un tono más claro, sus suaves y carnosos labios quedaron lisos y sin texturas, sus hermosos ojos comenzaron a cristalizarse de tal forma que quedaron como dos bellas esferas de cristal los cuales se movían de lado a lado, su cuerpo dejó de respirar, solo podía hacer algunos sonidos con su garganta los cuales cesaron, en ese momento una extraña criatura hizo su aparición, vistiendo una rasgada túnica negra de las cuales emergieron dos largas extremidades en forma de garras las cuales toqueteaban el inmóvil cuerpo de su víctima.

–Eres tan hermosa… tan poderosa… nadie te hará daño, tendrás un hermoso hogar conmigo… un momento… ¿Qué es esto? –Decía el extraño ser con rostro de marioneta.

La criatura miró el cuello de la muñeca y notó la sortija en forma de cuervo que se encontraba en la gargantilla de esta, sin aprecio alguno arrancó la sortija y la tiró a un costado de Déneve quien con sus ojos de vidrio daba señales de vida, tratando de mirar aquel tesoro del que fue despojada.

–Tranquila… te adornaré con las joyas más preciosas y tesoros que jamás habrás imaginado, esa baratija no se compara con todo lo que tengo preparado para ti… — comentó la criatura mientras se acercó al inerte rostro Déneve para contemplarlo y acariciarlo, se trataba del legendario ser que solo existía en las pesadillas de la aldea, al parecer el "muñequero" había demostrado su verdadero poder y ahora había reclamado a la joven Déneve para agregarla a su colección.

Contento y satisfecho por tan valiosa adquisición, el siniestro coleccionista de muñecas comenzó a rasgar y a despojar de las prendas de vestir a su víctima, una vez dejado su trofeo en una pieza inherte, se retiró a gran velocidad hacia el bosque con su nuevo premio para desaparecer y jamás regresar, en unos minutos, el Terrano hizo su aparición, contempló el escenario con su enorme espada en mano y se acercó hasta donde estaba la ropa de la joven hechicera con la que luchó, desconcertado por el hallazgo miró a los alrededores y al no ver señales de vida, decidió retirarse de ese lugar, al parecer había cumplido su misión por lo que ya no había motivos para estar en las ruinas de la Aldea de las Tres Crecientes.

XX

EL ÚLTIMO OCASO

Los últimos rayos de luz estaban en el punto exacto antes del anochecer, en una vereda que conducía a cualquier lugar se encontraba una silueta humana andando a paso lento, se trataba de Eníc quien había escapado de la catástrofe, había perdido todo, su familia, sus amigos, su aldea, no existía nada que pudiera aliviar el dolor por las consecuencias de sus actos, nada podría devolverle su felicidad, Eníc estaría condenado a vivir una dolorosa penitencia hasta el final de sus días.

Mientras caminaba hacia cualquier lugar, Eníc no se percató que estaba siendo observado por extrañas siluetas, Eníc volteaba al percibir movimiento pero veía nada, su conciencia no lo dejaba descansar, aterrado comenzó a correr hasta cansarse.

Fatigado, Eníc cayó de rodillas para tratar de respirar, al no soportar sus entrañas comenzó a vomitar y a llorar por toda la carga que cayó sobre sus hombros; una vez que se recuperó continuaría su camino, pero al girar hacia su derecha se percató que era observado por cinco personas que se encontraban bajo un árbol, uno de ellos se encontraba sentado, fumando una barra de tabaco, se puso de pie y comenzó a caminar hacia Eníc quien estaba paralizado de miedo, en ese momento se dio cuenta de quien se trataba.

—Señor… Gá… Gálamo…yo… yo… —tartamudeaba al ver a Gálamoth acompañado de Olfor y otros tres Centinelas.

Gálamoth lo veía con unos ojos desafiantes y una vacía sonrisa que adornaba su rostro, lentamente comenzó a acercarse al pobre y aterrado Eníc quien miraba las posibles rutas de escape para intentar correr.

–Por… por… por favor… piedad… por favor…

Eníc se arrodilló y comenzó a estallar en llanto suplicando por su vida, implorando perdón, pero sus súplicas no tenían efecto alguno con soldados traicionados, Eníc no era el único que perdió tanto por su odio y rencor, Gálamoth se puso frente a él, lo miró como rasgaba sus vestiduras mientras gritaba y lloraba con tanto miedo y sufrimiento, Gálamoth suspiró, lo tomó del hombro y ayudó a levantarse, Eníc dejó de llorar y apenas comenzaba a tranquilizarse cuando Gálamoth le enterró completa una espada en su abdomen, Eníc miró atónito la seriedad con la cual su agresor lo veía, Eníc dio dos pasos atrás mientras trataba de quitarse el acero cuando Olfor se acercó y lo extirpo de sus entrañas con tal agresividad que también sacó los intestinos del desafortunado joven, sucumbiendo ante un lento dolor, Eníc lloriqueaba y se retorcía mientras veía traumatizado todas sus vísceras regadas por el pasto, en ese momento Gálamoth y el resto de sus hombres continuaron su camino sin regreso, ignorando las vanas súplicas de aquel desafortunado joven quien gritaba arrepentido por sus errores, así terminó el último ocaso para la Aldea de las Tres Crecientes.

Continuará…